JN319230

ドールハウスの人々

二宮敦人
Ninomiya Atsuto

文芸社文庫

ソウスケはナナエに話しかけていた。

「ナナエ、今日も可愛いな。君の顔はとても綺麗にできている」

ナナエは返事をしない。

「特に君の寝顔ときたら、まるで芸術品だ」

ソウスケはナナエの前髪をすくい、まぶたを指で押し開くようにして、その眼球を確認する。

「ここに隠れているプルシャン・ブルーの瞳も素敵だ」

さすがにそこまでされたらナナエも目覚めるだろう。彼女がただ寝ているのであれば——。

しかしソウスケは構わず続ける。

「でも、僕は黒い瞳のほうが好きなんだ。純和風美人って感じでね」

ソウスケは自分に酔ったように手を中空に浮かべてみせる。そして脇の棚から、小さなボール状の物体を取り出した。

「今はこんなに便利なものがあるんだよ。何だと思う？　アクリル・アイ、要は義眼だね。見てごらん、この鮮烈なランプ・ブラック。光の中で沈殿してしまいそうな黒だろう？　そう、君を見るたびに僕は、眼球をこれと交換してやりたくなるのさ」

ナナエに抵抗する力があったら、きっと拒絶するだろう。しかし自ら動けないナナエはソウスケにされるがままだ。

「怖くないよ。そう、怖くはない。これで君はより完璧に近づくんだ。それを思えばちっとも怖くはない。君は美しくなる。痛いかもしれないね。どれくらい痛いか？　それは僕には分からない。僕は君じゃないから分からない……他者の痛みは想像でしか知り得ないものね」

ソウスケは微笑みながら、先が銀色に光るデザイン・ナイフを取り出した。

「……だけど、美しくなれるなら我慢してくれるだろう？　僕のために」

次の瞬間、ソウスケは躊躇なくナナエの眼球をえぐり取った。そしてポッカリと開いた暗い空間に義眼を優しくはめる。

「ソウスケ……起きてるの？」

私はベッドの中から声をかける。

「ちっ」

露骨な舌打ちが返ってくる。

「ねえ、ソウスケ」

「何だよヒヨリ。今、忙しいんだ。ナナエの眼球を入れ替えてるんだから」

「人形に話しかけるその癖やめたら？　さすがに気持ち悪いよ」

「僕の勝手だろう？　心を通わせなければ、良い人形は創れないんだよ」

ソウスケは私に背中を向けたまま不機嫌な声で返す。作業中に茶々を入れられると、いつも機嫌が悪くなるのだ。

「何より人形に綺麗だとか美しいとか言ってるの聞いちゃうと、彼女として自信がなくなっちゃうんですけど」

私はわざとスネてみせる。ソウスケは少し慌てて私に振りかえった。

「何を言っているんだよ。人形と彼女とは別に決まってる。君が一番綺麗だし、僕が心から愛しているのは君だけだ。これは何度も言ってるだろう？」

「もう一度言ってくれなきゃ嫌」

つっぱねてみる。ソウスケはやれやれと言いながらもベッドまで戻ってきて、私の体を抱きしめた。ソウスケの体温が私のパジャマ越しに伝わってくる。温かい。いや、熱い。人形を創っているときのソウスケは、いつもより少し体温が高いような気がする。

「愛してるよ、ヒヨリ」

そう言って頬にキス。

「よろしい」

私はにっこり笑って抱きしめ返してあげる。暖かな朝日に包まれながら、いつまでもこうしていたいと思う。しかしソウスケは起き上がり、時計を見て言った。

「ああ、もうこんな時間か」

「九時ね」

「そろそろ大学行かないと……朝メシ作るか。めんどくさ」

「作ってあげよか？」

「いや、自分で作る。お嬢様育ちの君に、まともな食事なんて作れないだろう？」

そんなことない。簡単なものなら作れる。私は頬を膨らませるが、あえて否定はしない。作ってくれるならそれでいいや。私はもう少しだけ寝ようと、布団にもぐりこんだ。

「ハムエッグとパン。それからコーンフレーク」

ソウスケは私の前にお皿を置いてくれる。

「めっちゃシンプルな朝ごはんね」

「文句言うなら食うのやめたら」

「うそうそ、ごめん。ありがと」

ホカホカと立つ湯気に心がなごむ。まずは朝食の香りを楽しむ私をよそに、ソウスケはガツガツと食べ始めた。

「ナナエの制作はうまくいってるの？」

ソウスケは口をモゾモゾと動かしながら答える。

「うーん……いまいちだね。三割ってとこかな」

「え？　でも、もう体はほとんどできてるじゃない」

「肝心の顔が決まらないんだ。人形の命は顔。特に目が、しっくりこない。ランプ・ブラックの義眼もはめ込んでみたけれど、やけに目が落ちくぼんで見えちゃうんだ。これじゃ全然ダメだ」

「もっと明るい色がいいんじゃない？」

「素人が口出すなよ。君は簡単に言うけどね、青系はダメだったんだよ？　あからさまに狙った西欧の美少女みたいになって気持ち悪いんだ。かといって赤じゃあな……」

ソウスケはトーストをくわえたまま食卓を立ち、ナナエと呼ばれた人形のそばまで行く。悩んでいるようだ。後にしなよと言おうとするが、夢中になっているときのソウスケに何を言ってもムダだろう。私は黙りこむ。

「スカーレット・レーキだと非現実的すぎるし、アリザリン・クリムゾンじゃ現実的すぎる。やっぱり赤はダメだ。極端になっちゃう」

ソウスケはいくつかの義眼を手で持ち、順番に人形のそばに置いて確認する。

「非現実的でも、現実的でもダメなの？」

「ダメに決まってるだろう、君は何も分かってないんだな。いいかい。人形ってのは、現実には存在しないものなんだよ。存在しないものを創るわけ。しかし人間は現実に存在するものだ。存在する人間を模して創られる、存在しない人形。つまり現実と非現実の境目を作らなきゃならない。そのバランスがちょっとでも崩れたら、どうなると思う？　妙に生々しい不気味なものになるか、あまりに物質的で色気のない人形になっちまう。どちらにしろ、売れやしないよ」

「そういうものなのね……あ、緑はどう？」

「緑？　緑ねえ……」

ソウスケは棚を開き、ビー玉のようにいくつも並んだ義眼の中から一つを取り出して人形の目の位置に並べる。

「……意外と悪くないな」

「ほら！　私のアドバイスも役に立つじゃない！」

私はニヤニヤするが、ソウスケはこちらを無視してじっと人形に見入っている。

「カドミウム・グリーンのもう少し濃い色だったら合うかもしれない……」

数分そのままでいたあと、ソウスケは無言で食卓に戻り、ハムエッグの黄身を箸で押し割った。

「緑で決定なの？」

「ああ。その方向で行こうと思う。ただ、義眼は使わない。自分で創る」

「目を？　創れるものなの？」

「もちろん。というか、僕は創ることのほうが多いね。義眼はどうしてもありきたりなものになってしまうから。樹脂製の球を研磨剤で磨いて創るんだ。材料は手芸用品として売られてるもので十分」

「へえー……」

「あ、白目はオーブン粘土を使うよ。透明な樹脂球はレンズ部分になる。間に瞳の模様を描いた紙を挟み込んで貼り合わせ、最後に外側を透明のウレタン塗料で塗る。気づいたかもしれないけれど、人間の眼球の構造と同じなんだ。レンズが樹脂球、水晶体と角膜が粘土、虹彩が紙、結膜がウレタン塗料に相当する。人形を創るコツは、人間の構造をきちんと理解すること。実際の構造に忠実に創っていけばリアルになる。

人形が人間に近づくというわけだ」

ソウスケの話はいつも知らないことばかりで面白い。それもそうだろう。ソウスケは大学生ながら、国内でも有数の人形作家なのだ。特に球体関節人形と呼ばれる、関節部を球体にして自在なポージングを可能とした人形の制作が得意らしい。

球体関節人形のルーツは海外にあるそうだが、今ではほとんど日本でしか創られていないという。つまり日本で有数の球体関節人形作家であるソウスケは……世界的に見ても有数の球体関節人形作家と言えるわけだ。

こんなすごい人の彼女である自分を、とても幸せに感じる。

「ただ、目を緑にするのだったら肌の色も白めにしたいところだな。微調整するか……」

人形と向かい合うソウスケの表情はいつも真剣で、かっこいい。

「ああ、もう……授業なんか行きたくない。僕はナナエを早く仕上げてやりたいのに」

「もう。あと十五分で家を出ないと間に合わないよ？　マクロ経済学、出席必須なんでしょ？」

「君はどうなんだよ。単位ちゃんと取れてるのか？」

「私はマクロ経済なんて取ってないもん。学部違うじゃん」

「クソー、どうして経済学部は必修が多いんだよ……」

「ブツブツ言ってないでさあ、食べ終わったのなら早く着替えて仕度しなさいよ」

ソウスケは不満そうに口を閉ざしていたが、やがて言った。

「ヒヨリもマクロ経済、出るか？」

「何言ってんの。私はその授業取ってないって。だいたい私は今日出席が必要な授業ないから、そもそも大学行かなくても……」

「だって僕一人で行くの詰まんないじゃん。マクロは人数多いから、一人くらい紛れ込んでも絶対分かんないって。なあ、一緒に行こう。一緒に行くなら、着替えてもいいよ」

「何なのそれ」

もう、子供みたいなんだから。

笑ってしまいそうになる。

でもソウスケと一緒に授業なんて、ちょっと変則デートでいいかもしれない。

「仕方ないなあ」

私は笑顔でうなずいた。

「ナナエ、しばしのお別れだね。今日の夜にはきっと君の目を完成させてあげる。そうしたら世界が見えるようになるよ。楽しみに待っているといい」

「ミズホ、今日も素敵だよ。埃はあとで掃除してあげる。ドールハウスの人から連絡があってね、君に買い手がついたんだって。もうすぐお別れかもしれないけれど、寂しく思うことはないんだ。きっと新しい人が君を大切にしてくれる」

「サトミ、途中でほっぽったままですまないね。ナナエの注文が入ってしまったんだ。誓ってもいい、冬が来る前には君を美しく仕上げてみせる。髪もつけてあげるし、化粧もしてあげる。乳首も彩色してあげるよ。だからもう少しだけ、待っていてくれ」

家には制作中のものから完成したものまで、いくつもの人形が並んでいる。それは全て球体関節人形で、それぞれにポーズを取ってそこに立っているのだ。ソウスケの技術の限りを尽くして創られた人形たちはどれも耽美で、なまめかしく、そして中性的な魅力を発散している。まるで本当の人間のようだった。うす暗い中で見れば、呼吸をしているかのように錯覚することもある。留守中に空き巣が入ったならば気味悪がって逃げてしまうだろう。ソウスケの人形には数百万単位の値段がつくこともあるので、万が一取られたら大損なのだが。

「ソウスケ、まだ？　早くしないと遅れるよ」

「ごめんごめん。あとミチコにだけ挨拶していくよ」

私はため息をつく。

ソウスケはいつもこんな調子だ。彼氏が女性の名がついた人形に優しく話しかけているというのは、あまり気持ちのいい光景ではない。人形制作への真剣味が表われての行為だから……と自分に言い聞かせて、なんとか私は納得する。

数分後、ソウスケが戻ってきて私の手を握った。

「遅くなってごめん。行こうか」

「もう。そんなんだと、いつか本当に人間と人形の区別がつかなくなっちゃうよ」

「大丈夫だよ。人形作家は何が人間で何が人形か、分かっているからできる仕事さ」

ソウスケはひょうひょうとしている。これさえなければ素敵な彼氏なのだが。

外は良い天気。初夏の青空が気持ちいい。

私はソウスケと手をつないで、駅へと急いだ。


大学の教室は大きい。特にマクロ経済学の教室は、私が見たこともないほど広かった。ざっと二百人は学生が入るだろう。その後ろのほうに、私とソウスケは座っていた。私にやる気がないのはもちろんだが、ソウスケも同様のようだった。机の下で携帯電話のタッチパネルをいじっているありさまだ。

退屈になり、私はソウスケに言う。

「ねえ、ソウスケはどうしてこの学部に入ったの」

「え？　いや……経済学部が一番センター試験の足切り低かったから……かな」

「ソウスケほどの人形創りの腕前があれば、芸大とかも選択肢だったんじゃないの。

どうしてわざわざ普通の大学に入ったのかなあと思って。まあ、そのおかげで私はソウスケに出会えたんだけどさ」

「んー。何でだろうね。まあ、両親が薦めたからだね。それに、経済学なんてまったく知らない分野だから何となく好奇心があったし。入ってみて、つまらないことが分かったけれど」

「芸大に行きたいとは思わなかったの？」

ソウスケは笑う。

「まさか。まったく」

「どうして……」

「芸術は習うものじゃあないだろう」

ソウスケは携帯電話をしまう。

「いいかい、芸術は自分自身と向き合うものだ。混じりっけのない自分ってものを強く持っている奴が、最後には誰にも真似できない作品を創る。なのに、誰かに習ってどうするんだ？　良きにしろ悪しきにしろ、習った相手の影響が色濃く出てしまうじゃないか」

「そういうものなのかな」

「そうさ。師匠の存在が自分の中で大きな重心を占めてしまって、創る作品がそちらに吸い寄せられる。吸われすぎれば二番煎じになるし、吸われないように逆らえば自然体でいられなくなる。知らず知らずのうちに自分というものが歪められてしまうんだよ。自由な発想ができなくなる。いいかい、創作というものはね、最終的に同じ技法に行きつくとしても、それを他者から習ってはいけない。自分で見つけることに意味がある」

ソウスケはニヤニヤと笑う。

「芸術の技術を教授するだなんて、芸術の本質を知らない人間が行うことさ。そんなところから新しい芸術は生まれない。ただ、古い技法に凝り固まり、自らの偏見と先入観を育て、醜く腐敗していくだけだ。結果的に中途半端な技術と野心を持った自称芸術家が量産され続ける。どうしても過去の偉人とのコネが欲しいというのならともかく、芸大に入るメリットなぞ僕には見いだせないね」

偉そうに、この男はまあ。

「それ芸大の人に聞かれたらぶっとばされるよ」

「まあ、僕は事実を述べているだけさ」

ソウスケはかなり自信過剰なタイプで、たまにある雑誌のインタビューなどでもビッグマウスを連発してはばからない。しかし、それゆえに注目されることも多く、今のところは作品の販売に良い影響を与えているようだ。

観察している分には面白いが、いつか夜道で刺されないかと心配になる。

「ボソボソうるさいよ、ソウスケ君」

後ろの席から声がかけられる。私とソウスケは一緒に振り向いた。

「君は確かに有名な人形作家かもしれないけれど、ここじゃ一介の学生でしょ。し・ず・か・に」

人懐っこい笑みを浮かべて、サアヤがこちらを見ていた。

「なんだサアヤ、そこにいたのか」

「ん。たまたまね」

傾斜のついた大教室で、少し上に座っているサアヤ。その肌色の胸が目に飛び込んでくる。大きく胸元の開いた服、水商売かと見紛うほど派手なお化粧、原色系のスニーカーに腕時計。相変わらずこの人はちょっと苦手だ。絵に描いたような〝同性に嫌われるタイプ〟だと思う。

「マクロって本当退屈だよね。ねえソウスケ君、出席終わったし、どっか遊びに行っちゃわない？」

彼女がいる前で彼氏を誘惑すんなっての。私は眉間を寄せて睨むが、サアヤは気にする様子もない。

「サアヤ。どっかって、どこに遊びにいくんだよ」

「ちょっと、ソウスケ。ダメだって……」

サアヤは微笑む。

「駅前のカラオケ、今半額キャンペーン中だよ」

「カラオケか。あまり興味ないな」

「そうお？　じゃあ、ダーツは？」

「ダーツねえ、やったことないしな」

「あたしが教えてあげる。簡単。すぐ慣れるし、面白いよ」

サアヤはソウスケの肩に触れ、席を立つように促す。何となくその触り方がいやらしい。

「ちょっと、ソウスケ」

私が声を出すと、ソウスケは私のほうを向いた。そして少し苦笑いする。

「サアヤ、悪いけど」

「え？」

「今日はヒヨリと一緒に大学デートなんだ。やめとくよ。他の奴を誘ってくれ」

「あら、そう……」

私はほっとする。と、サアヤはあからさまに私を見て不快そうな顔をした。露骨な感情をぶつけられて私は思わずひるむ。

何よもう、あんたが悪いんでしょ。嫌な奴。

「ソウスケ君、じゃあ放課後はどう？　あたし今日、午後はずっと暇なんだけど」

なおも食い下がってくる。

「いや、今日は〝人形会〟の集まりがあるからダメだな」

ソウスケはきっぱりと断った。私は少しほくそ笑む。サアヤめ、ざまあみろ。ダーツより、カラオケより、ソウスケは人形のほうが大事なんだよ。そしてそれ以上に私が大事なの。あんたが入る隙はない。

「……そっか。残念」

サアヤは悔しそうにしている。

「じゃあ、あたしは友達とどっか行くことにするよ」

「ああ。じゃあ、またゼミでな」

「……うん。またね」

やった。勝った。サアヤはジャラジャラとストラップのついた携帯を手に立ちあがり、振り返らずに教室を出ていった。私はほっと息をつく。

「あの人、なんなの？　露骨にソウスケのこと誘って、やな感じ」

ソウスケは私を見て笑う。

「何お前、嫉妬してるわけ？」

「え？　いや、ちが……わないよ！　そうだよ嫉妬してるよ。もう」

ソウスケは私の頭をグリグリと撫でた。

「アホだなあ、ヒヨリは。大丈夫だよ。僕が君以外の女性を好きになるわけがないだろう。君はどんな人形よりも美しいし、どんな人間よりも魅力的だ」

そう言われて、私はニコリと笑う。

「それなら安心ね」

「ふふふ」

ソウスケは私の顔をじっと見つめて微笑むと、すっと顔を近づけて私の頬に唇をつけた。ほんのりと温かさが伝わり、私の体内で拡散していく。

隣の席に座ったメガネの男子学生が、ノートを取りながら少し迷惑げに私たちのほうを見る。授業中に横でこうもラブラブっぷりを見せつけられたら、さぞかしうっとうしいだろう。

でも、まあいいじゃない。

私今、幸せなんだもん。

私はソウスケの腕に触れ、その温もりを楽しんだ。

「そんなものでいいの？」

私とソウスケは大学に隣接する公園で、土を掘り返している。

何でこんなことになったのだろう。天気も良いので、外でお昼ごはんを食べようと来たはずだったのだが。

「うん。この土はなかなか良い色だ。ナナエには合わないけど、次の人形で使えるかもしれない」

両手を泥だらけにしながらソウスケが言う。三十センチほどの深さまで掘られた穴からは、湿った土の匂いが湧きあがってくる。小さな土の塊を太陽にかざしては、一部を捨て、一部をビニール袋に入れていくソウスケ。私は手が汚れるのが嫌なので、少し離れたところからその姿を呆然と眺めている。

「ヒヨリ、この石を見ろよ。信じられない。素晴らしく高貴な緑色だ」

「ちょっと、あんまりこっちに近づけないでよ。汚いな」

「この感動が分からない？　水で洗ってごらん。綺麗だから。市販の絵の具でこの色を出そうとしたらどれだけ苦労するか想像できる？」

「分かった、分かったから。早くしまって」

ソウスケは少し不満そうな顔をしながら、石を別のビニール袋に放り込む。まったくもう。団子虫、ミミズ、そして何だかよく分からない虫たちにまみれて、何が楽しいのか理解できない。

「本当にそんなもので絵の具が作れるの？」

「作れるとも。君は作り方を知らないのか？」

「絵の具作ったことなんてないよ」

「むしろ絵の具はチューブに入って店に並んでいるものだ、と考えているほうがおかしいんだよ」

「それ以外の絵の具なんて見たことないもん」

「チューブ入り絵の具ができたのは最近なんだ。人々が豊かになって、絵を描く余裕ができて……絵の具を売るという商売が成り立つようになってからのことなんだよ。それまでの画家はみんな岩を砕いて膠《にかわ》で溶いたり、動物の血を乾かして卵黄に混ぜ込んだりして色を作ってたんだ」

「え？　岩を砕いて？」

「そうさ。当然岩は山まで取りにいくし、動物は森で狩る。古くは画家とは、トレジャーハンターでもあったわけさ。最近の芸術家気どりどもとは、そもそも絵にかける情熱からして天地の開きがあることが分かるだろう」

「そうなんだ……」

　そこまでして絵って描きたいものなのかな。

　創作のたぐいに一切興味のない私としては、いまいちピンとこない。

ソウスケは目をキラキラと輝かせながら、団子虫をつまんで観察している。まさかそれも絵の具の材料にできるとか考えてないだろうな。私が固唾を呑んで見つめていると、やはりビニール袋に放り込んだ。やめてくれ。それをすり潰すのは勘弁して。

「自分の表現したい色を探すためなら妥協しない、それが芸術家だ。色は自分で作るもの。自分の中にある色を、地球上に存在する物質の組み合わせによって現実空間に生み出すことから僕たちの仕事は始まっている。画材店の棚からそれっぽい色を探しているようじゃ、いつまでたっても二流画家さ。それじゃ絵に描かされてしまう。絵は、描かなくてはね。自分の支配下に置く必要がある」

ソウスケだって、画材店で絵の具買うこともあるじゃない。

私は聞き流しながら、心の中で反論する。

「よし。これだけあれば十分だろう」

ソウスケは四つほどのビニール袋を手に満足そうに笑う。

それぞれのビニール袋には土やら石やら落ち葉やら木の皮やらがぎっしりと詰まっている。ソウスケが選りすぐった絵の具の原料なのだろう。知らない人にはただのゴミにしか見えないと思うが。正直、私にもバイキンの塊としか思えない。

「満足した？　手を洗ってからサンドイッチ食べなさいよ」

「分かってるよ。あ、後でちょっと画材店に寄っていってもいいかな」

ソウスケは爽やかに汗を拭きながら言う。

「え？　画材店？」

「白い絵の具が欲しいんだ」

「いろいろ偉そうに言ってたけど、結局チューブ入りの絵の具も買うんじゃない」

思わず笑うと、ソウスケは私を睨んだ。

「労力と成果を天秤にかけて、お金で手に入れたほうがいいと判断したものを買うだけだよ。最近の絵の具は、品質の高いものも多い。それを利用しない手はないだろう。僕は芸術家として……」

あーはいはい。好きにして。

そんなことばっかり言っていると、ソウスケの好きなハムサンド先に食べちゃうからね。


画材店に寄ったり、ダラダラとお茶をしているうちに、いつの間にか遅い時間になってしまっていた。

「まずいなあ。〝人形会〟に間に合わなくなる」

ソウスケが腕時計を眺めながらこぼす。その両手には先ほどのゴミ袋……もとい、絵の具の材料類と、画材店や手芸店で買いこんだ様々な人形の素材が抱えられている。

「家に帰らずに直接行けば？　荷物は私が持って帰ってあげるよ」

私の提案を聞いてソウスケは考え込む。悩んでいるようだ。

「何？　私が荷物持てるかどうか不安なの？」

確かに量は多いけれど、そんなに重くもなさそうだから大丈夫だと思うんだけどな。

「それもあるけど、僕の性格知ってるだろ。僕は人形も愛しているけれど、その材料も含めて愛してやまないんだ」

うん、知ってはいるけど口に出すな。気持ち悪いぞ。

「だからアトリエに持ち込むまで、この材料たちを手放したくない。ずっとそばに置いておきたいんだよ。万が一どこかへ行ってしまったらと思うと怖いんだ」

「大丈夫だよ。ちゃんと持って帰るから」

「ヒヨリ、君が帰宅中にトラックに轢かれないとどうして断言できる？　飛来したUFOに拉致されないと言えるだろうか？　地割れに飲み込まれる確率は？」

縁起でもないことを連呼するな。

「そんなこと言ったら、ソウスケだって落ちてきた人工衛星につぶされるかもしれないじゃん」

「そう……僕はどうせ死ぬのなら、そばに人形の材料を置いておきたい。それにヒヨリ、君もそばに置いておきたい」

「何だかいろいろとごたくを並べたようだけれど、要は〝人形会〟に一緒についてきてほしいってこと？」

「まあ、そうだな。ヒヨリ、一緒に〝人形会〟に行こうよ」

やっぱりか。我ながら、最近はソウスケの扱い方が上達してきたと思う。

「僕の彼女だって言えばみんな歓迎してくれるから、心配いらない。それに様々な人形を見ることができるから面白いよ」

結局のところ、ソウスケは寂しいのだ。

彼がかなりの寂しがり屋であることを私は知っている。大した用事がなくても外出時にはよく私を連れていくし、何かと私の用事にもついてくる。今のところ私が服を選ぶときに、そばにソウスケがいなかったことは皆無だ。

孤高の天才を気どりながらも、その実は甘えん坊。そんなソウスケを可愛いと感じてしまう私も、ちょっと変わり者かもしれない。

「別にいいよ。今日はどうせ暇だし」

私が承諾するとソウスケの顔がパッと明るくなる。

「よし。じゃあ行こう」

正直なところ〝人形会〟がどんなところなのか興味もあった。人形制作者たちの趣味の集いだと聞いているが、ソウスケのような人間がたくさん来るのだろうか。下手な秘密結社などよりよほど個性的な連中が揃っていそうだ。

ソウスケは私の手を引き、駅に向かって歩きだす。


人形工房『冷たい体』。

そんな看板が一枚かけられていなければ、その建物の中にどんな空間が広がっているのか、見当もつかない。

「ここなの？」

「そうだよ。もうみんな来てるんじゃないかな」

それは建物というより箱と表現したほうが近い気がした。コンクリートそのままの灰色の壁によって作られた立方体。ところどころに小さな四角形の窓がついているが、ガラスが厚いために内側は見えない。二階建ての一軒家くらいの大きさだが、庭や駐車場といったものは見当たらない。いや、郵便受けや表札すらも存在しなかった。その周囲は雑草だらけの野原に囲まれている。

デザイナーズマンションのような芸術性のある地味さではない。打ち捨てられた何かの事務所、という印象だ。扉を開いて中にボイラー室があったとしてもまったく驚かない。

「……本日定休日って書いてあるけれど」

ソウスケは笑う。

「〝人形会〟があるからさ。オーナーさんが、そのためにスペースを貸してくれるんだ」

「そうなんだ」

「さ、行こう。僕がみんなに紹介してあげる」

そう言うとソウスケは、灰色のドアを押し開けた。

中は外からは信じられないほど艶やかな空間だった。十八世紀初頭の欧米を思わせるような装飾があちこちに施され、床には赤い絨毯が敷かれている。骨董品としても十分な価値のありそうな机や棚が並び、その上に無数の人形が置かれていた。ざっと数えても五十体前後はある。

アンティークドールとシックな壁掛け時計が置かれている場所もあれば、屏風と畳の上に市松人形が置かれている場所もある。様々な作者の人形が陳列されているようだ。どの人形も土台と針金によってポーズを取らされており、その透き通った瞳で虚空を見つめていた。

「すごい……」

私は思わず息を呑む。

中に、ひときわ目を惹く人形があった。部屋の中央あたり、小さな脚つき浴槽の中で髪をいじりながら鏡に見入っているというポーズ。

身長百センチ前後。少女のような表情ながらも、その裸体からは妖しい魅力が発散されている。もちろんその体は陶器であるし、肩や手首には球体関節がはっきりと見て取れる。しかしその鎖骨のくぼみ、胸のふくらみ、ピンクの乳首、そして腹から下半身にかけてのラインは、思わず手を伸ばしそうになる切なさがあった。

一目で分かった。

あれはソウスケの球体関節人形だ。数週間前に『リオ』という名前をつけていたものに違いない。リオは動かない。正面の鏡を、映り込んだ自らの虚像を見つめて……初めて自分が美しいことに気がついたような表情で、静止している。

「浴槽も、鏡も、リオにあわせて僕が造ったんだ」

私がリオを見つめているのに気がついたのか、ソウスケが言う。

なるほど、統一された美しい世界観だと思った。浴槽にも鏡にも独特の耽美なデザインが満ちている。近づいてみると、小さなプレートが目立たない場所に置かれている。そこには『三百万円』と書かれていた。私は目を丸くする。

「さ、ヒヨリ。こっちだよ」

ソウスケに服の端を引っ張られ、人形の中を進んでいく。部屋の最奥にレジカウンターがあり、そのさらに後方に扉がある。おそらく控え室のような場所なのだろう。

少し緊張する私の手を握って、ソウスケがまっすぐに足を踏み入れていく。

「ソウスケさん。いらっしゃい」

穏やかな女性の声が聞こえた。


「遅れてすみません」

頭を下げるソウスケの向こう側に、テーブルを囲んで座る何人かの姿が見えた。

「いいのよ。まだ始まったばかりだから。紅茶を入れますね。あら……」

私の存在に気づいた一番手前の中年女性が、ニコリと微笑む。

「ソウスケさん、ひょっとしてそちらがいつも話してらっしゃるヒヨリさん？」

「はい。ちょっと近くまで一緒に来る用事があったので、連れてきちゃいました」

私はペコリと頭を下げる。

「人形制作に理解のある子なので、邪魔にはならないと思います。どうぞよろしく」

挨拶しようとした瞬間にソウスケがそう言ってしまった。私は口をつぐみ、曖昧に微笑む。

「よく来てくださったわ。本当に素敵なお嬢さんね。私、一度お会いしてみたかったのよ。前に、ぜひ連れてきてってお願いしちゃったの。わざわざご足労おかけしちゃって、ごめんなさいね。〝人形会〟を主宰させていただいています、チヒロといいます」

チヒロさんは上品な仕草で頭を下げる。そのパステル・バイオレットのワンピースがふわりと広がり、まるで花が揺らめいたように見えた。

「この人が『冷たい体』のオーナーさんだよ」

ソウスケが補足する。なんて綺麗な人なんだろう。それと同時に、どこか儚いような印象も受ける。

「ソウスケさん、オーナーはやめてくださいな。ここには純粋に、一人の人形作家として参加してますから」

「チヒロさんも人形をお創りになるんですか」

不思議そうな顔の私を見て、チヒロさんは笑って続ける。

「もっとも、私が創るようになったのは最近ですけどね。夫と息子が天国に旅立ってからですので……」

ちょっとまずいことを聞いてしまっただろうか。私は謝るべきかどうか迷うが、チヒロさんは気にした様子もなく紅茶を注いでいく。かすかな湯気と香《かぐわ》しい匂いが広がり、濃赤色の液体が白いカップに満ちていく。

何か変だな。この場にいる人間は私とソウスケを入れても六人だ。カップの数は十個近くはある。不思議に思っていると、チヒロさんは二つのカップを持ちあげて部屋の隅へと進んだ。

「はい、お茶が入りましたよ。あなた、タダシ」

部屋の隅には人形が二体、置かれている。幼い表情をした子供と、柔らかな笑顔の紳士だった。チヒロさんは自然な仕草で、二体の前にカップを置いた。

なるほど。

私は改めて室内を見回す。

テーブルを囲むメンバーの中には、脇に人形を置いている者が何人かいた。それを含めて人数を数えると、カップの数くらいになりそうだ。人形会はそういうルールになっているらしい。私は納得して、席に着く。

「いつも思うんだけど、人形にお茶入れる必要はあるのかね」

私の目の前に座った男性が私を睨みつけるようにして言い放つ。空気が凍った。

「ムダだよ。はっきり言って、そんなもんムダ」

メガネをかけた細身の男性は腕組みをしながら続ける。どういう流れなのこれ。私はソウスケの顔とチヒロさんの顔を交互に見る。

「コウタロウさん、大切なお人形には愛情込めて接してあげなくてはいけないわ。お人形にも魂があるのだから」

チヒロさんは穏やかに言い、紅茶のカップを配っていく。私の前にも、コウタロウと呼ばれた男性の前にもカップが置かれた。コウタロウは不愉快そうにそれを見つめ、さらに続ける。

「チヒロさんが自分の人形にお茶を入れるのは分かるけどね。死んだ人をかたどった人形なんですから。お仏壇に水を供えるようなもんでしょ。でもねえ。バカバカしいよ。特に俺の人形には」

コウタロウの前に並べられているいくつかの人形は、この工房にあるものと比べてはっきり異質だった。アニメ調のデザイン、強調された胸と尻、身につけているのはビキニ。美少女フィギュアと呼ばれるものだろうか。

「あ……チヒロさん、私もお茶はいいです」

横からセーラー服を着た少女が言う。幼い顔だ。高校生だろうか。

「キョウコちゃんもそう思うかい。うんうん、そうだよな。お茶はいらないよな。人形の前にお茶が置いてあると、なんだか変な気分になってくら」

「あ……いや、そうじゃなくて。今日は私、お人形を持ってきてないので」

「え?」

「その……今日は私、お人形の服だけ作ってきたんです。服はお茶飲まないから、その、いらないです」

キョウコの前には様々な種類の服が置かれている。ゴスロリ調のものからカジュアルなものまで、どれも美しく、非常に精密だった。人形作家は人形を創るだけでなく、その服や靴、アクセサリーまで作るものだと聞いたことがある。キョウコはどちらかと言うとそういう物品を作るのが得意な人形作家なのかもしれない。

「ああそう。そうね、服はお茶飲まないね……。人形だって、お茶は飲まねえけどな……」

コウタロウは大きなため息をつきながら、諦めたように言った。

「とにかく、俺の人形にお茶はいらない。こいつらはただの売り物だから。魂なんて宿っちゃいないんだ」

「そういう言い方やめろよ、コウタロウ」

ソウスケが言う。

「何？　天才人形作家さん、俺に注意するわけ？　お前には分かんないだろうな。生活のためにこういう人形も創らなくちゃいけない俺の気持ちなんてよ」

コウタロウは美少女フィギュアをつんとつつく。フィギュアは眩しいばかりの笑顔のまま、倒れた。

「ちょっと、喧嘩はやめましょうよ……」

ソウスケの横に座っている気弱そうな小柄な女性が割って入る。

「素人は黙ってろよ」

「え……？」

「ユカリ、お前みたいな奴が人形会に入れるってのも変な話なんだよ。素人に毛が生えた程度のくせしてさ」

ユカリの前には、三等身くらいの人形が数体並べられている。子供向けのおもちゃのような、かなりデフォルメされたデザインだった。また、よく見ると目の色や口の形が多少異なるだけで、素体や輪郭は全て共通のものである。

「素人って。取り消してくださいよ」

「素人じゃん。カスタマイズ・ドールなんて、市販のパーツをチョチョッと組み合わせる程度じゃないか。そんなの人形作家って言えねえよ」

「私はオリジナル素材も組み合わせています。それに組み合わせ一つ取っても奥が深いんですよ」

「だから俺は言ったんだ。球体関節人形だけに絞った会にしようって。でも、お前の人形みたいなののほうが売れるんだからな。まったく、不公平だよ。あーあ、俺に才能がないのか。そうなんだよな。知ってるよ。なあソウスケ、どうしたら売れるんだよ。俺に教えてくれよう」

コウタロウは自虐的に笑うと、机に突っ伏した。ガタンと音がして、紅茶の水面が揺れる。ユカリが眉間にしわを寄せてその様を眺める。

本当に何なの、この雰囲気。

「別に仲が悪いわけじゃないんだ。みんな人形が好きなだけだよ」

ソウスケが私に耳打ちする。

そんなこと言われても、まったく前向きにとらえられないんだけど。


人形会の内容自体は特に驚くようなことでもなかった。それぞれ持ってきた制作物を見せ合ったり、販売実績や最近の流行などについて情報交換しながら、ダラダラとおしゃべりをするだけだ。それも気が合う者同士で好き勝手に話すという感じで、会と言うほどの協調性は感じられない。

例えばユカリはソウスケに人形制作について延々と質問しているし、キョウコは静かにファッション雑誌をめくり、気に入った服に印をつけている。コウタロウは時々皮肉っぽく話題に切りこむが、ほとんど相手にされていない。チヒロさんはあまり会話には入らず、自分の球体関節人形を撫でながらニコニコと微笑んでいる。なんだか妙な世界だ。私は何となく居心地が悪く、出されたお茶菓子をぼんやりと眺める。

来てみて分かったのは、やはりソウスケはこの人形会の中でも一目置かれているということだ。ソウスケが持参した人形の義歯を見せると、室内がワッと沸く。そして、その技法について議論が始まるのだ。確かにその義歯は見事なもので、リアルに再現されていながらもグロテスクでない、蠱惑的な気配を放っていた。コウタロウも目を丸くする。

「天才人形作家さんは本当に違うなあ。むかつくほどセンス良いね。何これ？　マニキュアを塗ってエナメル質を表現してるわけ？　なるほど……これいいね、素晴らしい。次の作品で俺もやってみるかな」

嫌味ったらしい言い方だが、その目はキラキラと輝き、素直に感動している。ひねくれた男だが、悪い人間ではないように感じた。

「これ、ちょっとラメ入れたら面白いんじゃないですか？」

「ああ、ユカリそれ良いかも。ほんの少し、な。人間の歯が輝くみたいに、かすかに光を入れたいね」

「あどけなく口を開いたときに、ちょっと歯が見えるっていう表情あるじゃないですか。あれって歯の形で見え方がまったく違うでしょ。歯並びが良すぎても嫌味だし、かといって乱れていたら下品ですよね。その中間……美と平凡の境界線」

「それだったら、この女優の表情とか参考になりますよ」

話題がポンポンと進んでいく。専門的すぎて私は一言も発することができないが、ソウスケが楽しそうに話しているのを見て嬉しくなる。やっぱりソウスケは人形創りが好きなんだな。

「あ、その表情いい！」

ソウスケが突然私を見る。

「え?」

「ヒヨリ、その角度のまま動かないで」

「何? 何?」

「うん、口は半分開いたまま。そう。ヒヨリ……この角度から見た感じ、すごくいい。ほらみんな見て、この笑みと無表情の混ざった感じ。この感じを前面に押し出したような人形、創りたいな。誰かデジカメ持ってる?」

「どれどれ」

「ああ、なるほど、いいですね」

「ちょっと……非常に恥ずかしいんだけど」

「口、動かさないでね」

他のメンバーもソウスケのそばに立って私を見つめ始める。ユカリはデジカメで撮影までし始めた。やめてよ。何この罰ゲーム。私は微妙な表情で固まったまま、赤面しそうになるのを必死で我慢した。

「あの、私そろそろ……」

キョウコが言う。

「あらキョウコちゃん、何か用事？」

「いえ、その。そろそろ家に帰って、タクの世話をしないといけないので」

「もうそんな時間だったかしら」

チヒロさんは振り返って壁掛け時計を見る。針は午後六時半を示していた。

「あら、けっこうな時間ね。本当、楽しい時間って過ぎるのが早いわ。では、そろそろお開きにしましょうか」

チヒロさんが言う。人形会メンバーはそれぞれに立ちあがり、帰り仕度をはじめた。

「じゃあコウタロウさん、この雑誌借りていきますね」

「おう、コピーしたら返せよ」

「もちろんです。あと、ヒヨリさんの写真もメールで送りますよ」

「助かる。というかメンバー全員に送ったほうがいいんじゃないか？」

ちょっと。私の写真をそんなにいろいろなところに回さないで。私は抗議の意をこめてじっとユカリを睨む。ユカリは私とソウスケを交互に見つめて笑った。

「大丈夫ですよ、悪用したりはしませんから。あくまで人形制作の参考にするだけです」

ソウスケはうなずく。

「分かってるよ。写真、僕にも送っておいてくれ」

私はため息をつく。もう勝手にして。

「あのう。このお茶菓子……持って帰ってもいいですか？」

後ろではキョウコがチヒロさんと話している。出されたクッキーが食べきれなかったようだ。

「もちろんよ。あまり口に合わなかったかしら？　待っていてね、今包んであげるから」

「いえ、その。とてもおいしかったんですけど、あのう。タクに、持って帰ってあげようと思って」

「ああ、なるほどね。本当にキョウコちゃんは弟さん想いね」

チヒロさんはどこからか綺麗な和紙を出してくると、クッキーを包む。

「ありがとうございます。タク、喜びます」

「タクちゃんも幸せね。こんな素敵なお姉さんがいて」

チヒロさんは包んだクッキーをさらに紙袋に入れると、差し出した。

「いえ、私なんか……」

うつむくキョウコ。ソウスケはすっと手を伸ばすと、私とソウスケの前に置かれていたクッキーの皿を差し出した。

「これも持っていきなよ」

「え？　いいんですか？」

「ああ」

「あ、ありがとうございます……」

ちょっと待てソウスケ。私に許可は取らないのか。少し釈然としないが、ここでクッキーを取り合うのも大人げないのでやめておく。

「すみません。いただきます」

「あ、いや。いいっていいって。気にしないで」

私に向かってペコリと頭を下げるキョウコ。ショートヘアがサラリと揺れた。良い子だ。

「あの子、親がいないんだ」

ソウスケが私の耳元で言う。

振り返ると、キョウコは学生鞄を持って部屋を出ていくところだった。なるほど、そういうことか。キョウコが母親に代わって弟の面倒を見ているのだろう。入り口に立っているチヒロさんに会釈をして、キョウコは歩いていく。しっかりした子だと思った。

人形作家にもいろいろな人がいるんだな。

私はキョウコの後ろ姿を見つめる。そして、会ったことのないタクという少年の幸せを祈った。

この時点ではタクは生きていた。

しかし残念ながら、翌日にバラバラになる。


ガチンガチン。

ゴチンゴチン。

断続的に室内では、硬いものがぶつかり合う音が鳴り続けている。ガチンガチン、ゴチンゴチン。朝から始まって、もう夕方になる。そろそろご近所から苦情が来てもおかしくない。

「まだ終わらないの」

「もう少しだ」

ソウスケは額の汗を拭く。

「ほら見てよ、あの石がこうなるんだ」

私はソウスケの手元を覗き込む。そこには美しい緑色の粉末があった。公園で掘り出した緑の石を砕いたらしい。その色彩は石の形をしていたときよりもずっと鮮やかで、かつどこか穏やかな気配が感じられた。

「すごい。砕けるものなんだ」

「かなり大変だけどな。でも、こんなに綺麗な色になるんだから労力をかける価値はあるだろう。石を砕いて絵の具にするときは、めげずに叩き続けるのがコツ。根気さえあれば、誰でも作れる」

「めげずに？」

　ソウスケは手にした金槌を振り下ろす仕草をしてみせる。

「金槌で叩き始めても、最初の数時間は何の変化もないんだ。それはもう驚くくらいに何の変化もね。これを砕くことなんて一生できないような気がしてくる。それでも叩き続ける。そうすると、あるとき突然ヒビが入るのさ。そして一気にヒビが広がり、石が細かい破片に変わり、それをさらに粉にまですり潰していくと、鮮やかな色が広がっていく」

「へえ」

「疲れるけれど、楽しいよ」

　チラリと見えたソウスケの手は、マメだらけだった。私はそばに置かれている人形の『ナナエ』を見る。ソウスケはナナエの眼球、その瞳の部分を塗るために、絵の具を作っている。瞳の部分に必要な絵の具の量は、親指の爪先よりも少ないくらいのものだろう。それだけのために、一日がかりで石を砕く。その情熱はほとんど狂気にも近いように思えた。

ただ、ソウスケのそういったこだわりにはもう慣れっこだ。

以前、暗い赤がどうしても作れないと言って自分の指先を切り、にじみ出た血液を使って色を作っていたことがあった。ドン引きする私を前に、ソウスケは素敵な人形ができたと満足げにしていた。

あのときに比べればまだマシかな。

私はため息をつく。

ブルルルル。

机の上でソウスケの携帯電話が振動した。

「チッ」

露骨に舌打ちをするソウスケ。邪魔されたくないようだ。携帯電話の振動は続いている。おそらくメールではなく、電話だろう。

「うるせえな」

今度はぎろりと睨みつけたが、携帯電話はおかまいなしに震え続ける。すでに十コール以上はしているが、切れる様子はない。どうしても出てほしい、そんな想念がバイブレーションに現れているような気がした。

「はい。誰ですか?」

ついにソウスケも諦めたらしく、荒っぽい仕草で携帯電話を取り、猛烈に不機嫌な声を吐きだした。

　私はその姿を見つめる。相手の声は聞こえない。だが、電話を耳に当てているソウスケの顔は一瞬驚きを示すと、やがて深刻そうな表情に変わっていく。

「はい。はい。なるほどね」

　誰？　相手は。不安そうにしているのが伝わったのか、ソウスケは私を見て「大丈夫」というようなジェスチャーをする。

「はい……。分かった。とりあえず、行くから。落ち着いて。うん」

　そう言うと、ソウスケは電話を切った。そして、こちらを向く。

「キョウコから」

　ああ、昨日のクッキーの女の子。

「何だったの？」

　ソウスケの表情から、何か深刻な事態であることは感じられた。

「詳しくは分からないんだが、タクが事故に巻き込まれたらしい」

「え？　タクって……」

　弟さん。

「キョウコのもとには右手だけが残されているそうだ」

「右手？」

どういうこと。

陰惨な光景が頭に浮かびかけて、私は必死で振り払う。

どういうこと。

「とにかく、ちょっと僕は出かけてくる。キョウコを落ち着かせないとならないし、タクの様子も見てやらなけりゃ」

「ちょっと待って、ソウスケ。どういうことなの？」

何が何だか分からない。もしかして、何か恐ろしいことに巻き込まれているのではないだろうか。

「帰ってから説明する」

ソウスケは私を突っぱね、慌ただしくコートを羽織ると、飛びだすようにアパートを出ていった。いつもの人形たちへの挨拶もせずに。

私は一人残された。

棚に置かれた人形たちが一様に私を見ているような気がして、急に恐ろしくなる。

ソウスケが帰ってきたのは、もう翌日になろうかという深夜のことだった。扉を開けたソウスケに私は半分涙ぐみながら言う。

「遅いよ……」

一人で心細かったんだから。

ソウスケは手にビニール袋を提げていた。

「ごめんごめん。コンビニでお寿司買ってきたよ。今日はこれでご飯にしよう」

「あ、わざわざ買ってきてくれたんだ。ごめん……あれ」

そのビニール袋の中に見えるお寿司のパックは、二人には少し多いような気がした。不思議に思っていると、ソウスケの後ろから声がした。

「……お邪魔します」

ゾッとするほど白い顔をしたキョウコだった。

「かなりショック受けちゃってるからさ、一人にしておくのも心配でつれてきちゃった。別に一日泊めてやるくらいいいだろ、ヒヨリ?」

私以外の女を連れ込むなんて、などと言う気もしなかった。人形会で会ったときもキョウコは大人しい子という印象だったが、今の姿は明らかに異常である。呆然とうつむき、顔は青ざめ、その目の焦点は特に目標物のない床に当てられ続けている。萎《しお》れかけの花を思わせる華奢な体躯。ほうっておいたら、そのままひっそりと死んでしまいそうだ。

「全然いいよ。何なら私のベッド使ってもいいよ、私は床でいいから」

「ご迷惑おかけしてしまいすみません」

「いいのよいいのよ。……温かいお茶でも入れようか」

「おかまいなく、お願いします」

うーん、こういう人をどう励ましたらいいのか分からない。困惑していると、ソウスケが私に言った。

「遅くなってすまないな。キョウコがとにかく参っちゃっててね。でもまあ、結果的にタクは見つかったよ」

「あら、なら良かったじゃない」

「右手はすぐに見つかったんだけどね。キョウコが手に掴んでいたから。他の部分を捜さなきゃならなかった」

「え……」

少しうつむいたソウスケの顔は暗い。その口から何か恐ろしいものが飛び出してきそうで、私は身構える。

「キョウコ、今はようやく会話ができるくらいに落ち着いたけれど、最初は茫然自失状態でね。ほとんど僕が一人で家中を捜す羽目になったんだ。まあ結局、奥の部屋で見つかったんだけどね……」

キョウコが手にしている、大きな青いトランクに目が行く。それはお泊まり用品のたぐいが入っているのだと思っていたが、まさか。

「……全身が分解された上で」

キョウコは悲しそうな目をしながら、トランクの留め金を外す。カチリと金属音が静かな部屋に響く。トランクの口が開くと、中に閉じ込められていた独特の香りが発散される。

キョウコが口を開く。

「タクです」

私は息を呑む。中には無数の肌色の〝部分〟がゴチャ交ぜに入っていた。手首。手首から肘。肘から肩。上半身。腰。尻。太もも。膝から足首。足。足と手の指。そして、頭。虚空を見つめる澄んだ目が、痛々しい。

「壊れちゃいました」

全てを理解して、私は沈黙する。タクという少年を成していただろうそれらは、完全にただの〝モノ〟になり下がっていた。

「ソウスケさん、直せるでしょうか?」

キョウコは心配そうにソウスケの手元を見ている。

「つなぎ合わせることはもちろんできる。僕が創ったものだしね。構造は理解しているから」

ソウスケは作業台に向かい、慎重にタクの体にゴム糸を結びつけていた。瞬きを繰り返し、時々目をこすっている。それを見つめている私も眠気を感じ、あくびをかみ殺す。ムリもない。もう夜中の三時だ。

「だが、壊れた球体関節人形は、直しても元に戻らないことがあるんだ」

「どういうことですか？」

「部品をつなぎ、削れた箇所を塗り直し、壊れたところを修復する。そう、新品同様に人形は戻る。戻るんだが……魂が戻らない」

「魂……」

「この球体関節人形は、君が大切に扱って、いつも一緒にいて、大事にメンテナンスをしてくれていたよね。服を縫い、小物を作り、本当の弟のように愛していた。だからあの人形は『タク』になったんだ。一緒にいる時間が長いほど、人形は人間に近づく……。創り直すと、その時間が失われて……もう一度人形に戻ってしまう。純粋な人形に」

「……」

「はっきり言ってしまうと、分解されたときに『タク』は死んでしまったんだ」

「……」

キョウコの目には涙が溢れ出す。

「直したものは、もう『タク』じゃない。もちろん、君のとらえ方次第なんだけれど。タクによく似た、もう一人のタクということになる」

「……」

ポタポタと涙は床に落ち、押し殺すようにキョウコの泣き声が響く。かける言葉もない。私はハンカチを差し出すが、キョウコは受け取らなかった。

「君にはタクが必要だ。死んでしまったお母さんよりも、ずっと帰ってこないお父さんよりも、君のそばにいる家族だから。だから、僕はこの人形を直す。だけど……君は気持ちを切り替えて、新しいタクを愛さなくてはならない。前のタクと少し違うところがあっても、そこを責めちゃダメだ。前のタクの思い出ばかり追い求めてはいけない。新しいタクをちゃんと見つめて、愛さなくてはならない。……できるね？」

「分かりません……」

「できないと言うなら、別の人形を創ってあげてもいいよ」

「でも……私にはタクが」

「ん？」

「タクが必要なんです」

「うん」

キョウコは顔をあげて、はっきりと言った。

「タクを直してください。前と違ったって、いいんです。過ごした時間が失われたっていいんです。もう一度……一緒に過ごしますから」

「……分かった」

キョウコは上半身と下半身が分かれたままのタクを撫でる。

「ごめんね、ごめんね……。私がちゃんとしてれば良かったんだ。お前を守れなかった。バカなお姉ちゃんでごめん……」

「いったい、何があったんだい？」

「……」

キョウコは悲しそうにうつむき、黙り込む。

「誰かに壊されてしまったのか？」

「分かりません……私が帰宅して……気がついたら、右手だけになっていて、直しようがなくて……」

「そうか……」

それ以降、ソウスケは黙って作業を続けていた。

しかし、その顔には怒りが満ちているのがよく分かった。

ムリもない。誰よりも人形にこだわりを持っているソウスケだ。人形を壊されるほど、不愉快なことはないだろう。

　この人たちは本当に人形を大切にしている。

　所詮、ただの人形でしょ。どうしてそこまで……。そんな考えも頭をよぎったが、口にはしなかった。


「犯人は人形作家だと思う」

　翌日。

　ほぼ〝完治〟した球体関節人形を持ち、礼を言って去るキョウコを見送ったあとで、コーヒーをすすりながらソウスケは言った。

「何の犯人？　キョウコちゃんの人形を壊した犯人？」

「そうさ……ヒヨリ、質問していいか？」

　ソウスケは隅に陳列してある一体の人形を指し示す。全身黒のドレスで、黒の傘を持つ人形だ。確か名前は『チサ』だったか。

「君がこの人形を、球体関節人形を壊そうと思ったら、どうする？」

「えっ」

「例えばの話だよ」

「ええと……そもそもこれって、壊れるの？」

　正直な感想だった。球体関節人形は一種の陶器だ。叩けばカチンと硬い手ごたえがあるし、持てばズシリと重みがある。皿のような平べったい陶器ならまだ割れやすいが、球体関節人形のような筒状の陶器はかなり頑丈だ。

「金槌で思い切り叩くとか……」

「そうだよな。そうでもしない限り、球体関節人形を壊すのは難しい。高所から落としたってそう簡単に割れるものじゃない。せいぜい指先の一本が外れるとか、ヒビが少し入る、というところか」

「じゃあ、どうやって犯人は人形をバラバラに？」

「こうするしかない」

　ソウスケはチサの手首近くの球体関節を引っ張ってずらした。開いた隙間に小さくて細いナイフを入れてかすかに動かす。ブツリと筋肉のちぎれるような音。次の瞬間、チサの手はポロリと落ちる。

「球体関節人形の各パーツをつなぎとめ、支えているのは、ステンレスワイヤーとゴム紐なんだ。言わば骨格だな。外殻は確かに硬いけれど、このゴムを切ってしまえば各パーツはバラバラになる」

「壊すというか、分解ね」

「そう。修理のために分解する必要があるときや、パーツごとに収納したいときなんかはこうする。球体関節人形を創ったことがある人間なら、誰でも知っていることだ。逆に、仕組みを知らない人……ヒヨリのような素人は、どうやって分解すればいいのか分からない」

「あ……」

そこまで聞いて、ソウスケの言いたいことに気がつく。

「タクは、綺麗に全部のパーツが分解されていた。構造を理解している奴がやったってことだ」

ソウスケは不快そうに眉を寄せ、目の端をぴくつかせる。

「僕の魂を込めた人形を、勝手に分解しやがって……許せない」

「何でそんなことしたんだろう。タクはキョウコちゃんの家にあったわけでしょ。犯人はキョウコちゃんの家に勝手に侵入して、人形を分解するだけして、立ち去ったってことだよね。何がしたかったのかよく分からない」

「決まってるだろう。嫌がらせだよ」

「嫌がらせ？」

「ああ。人形会の奴ら、僕が嫌な気持ちになるのを知っていて、こういうタチの悪いイタズラをしやがる。あいつらは僕の才能に嫉妬しているんだ。ああやって表向きは仲良くしているが、結局のところ僕の技術を盗み、僕を蹴落とすことしか考えていない。性根の腐った奴らだよ。人形会で信用できるのは、せいぜいキョウコだけだな」

私はそれは決めつけすぎなんじゃ、と言おうとするがソウスケは不快そうに唇を噛む。

「誰よ」

「だいたい犯人の見当もつく」

「コウタロウだ。あいつに決まってる。あの糞メガネ、技術もセンスもないくせにプライドだけは高いときてる。くだらない男だよ、まったく」

「証拠もないのにそんな……」

「最初のうちこそまだ僕に張り合おうとしていて、可愛げもあったんだがね。どうやったって僕にかなわないと悟ると、ひねくれやがった。習得した手法もあんな美少女フィギュアや、ロボットのプラモデルを作ることにばかり使ってる。どうしようもないクズさ」

「別にフィギュアやプラモ作ったっていいじゃない」

「いや、僕はそれらのジャンルを否定しているわけじゃないんだよ。コウタロウは本当は球体関節人形で僕を超えたいんだ。にもかかわらず、日々の金稼ぎだとか言い張りながら、他のジャンルに逃げてる。その心根が腐ってるって言ってるのさ」

「……言いたいことは分かるけど、超絶上から目線だね」

「？　上にいる者が上から目線で何がおかしい？」

　私はため息をつく。

「別に……いいけど」

　ソウスケには下にいるものの気持ちなど分からないし、興味もないのだろう。嫌悪感を覚えることもあるが、私はむしろそこがソウスケの良いところかな、とも思う。実力があれば認め、なければボロクソに言う。しかしそれは正しい評価でもある。ソウスケはただ、残酷なまでに正直なだけなのだ。自分の気持ちにまっすぐな人間、それがソウスケ。

　肯定しすぎかな。

「コウタロウめ。次の人形会では、一発ぶん殴ってやるかな」

　ソウスケはひときわ大きな舌打ちをして、コーヒーカップを机に置いた。

　待て待て。

　確かな証拠もないのに、ぶん殴るのはどうかと思うぞ。


　翌日。

　私は席に座り、ぼんやりと教室の様子を眺めていた。

　ベルが鳴るまでにはまだ時間があるが、席は次々と埋まっていく。人気の講義だからではない。必修の講義だからだろう。黒板から遠い、後ろの席から生徒たちが座っていくのを見て、私は一人納得する。

「あら……」

通り過ぎかけた女性が、私を見て何かつぶやいた。サアヤだ。相変わらず派手な服に、濃い化粧。どう見ても教材を入れる用途には適さない鞄を持って、私のそばにたたずんでいる。

何よ。また邪魔しにきたってわけ？

こないだのマクロ経済学で、ソウスケを誘惑された恨みは忘れてないぞ。私は精一杯の呪いを込めて睨みつける。

「ふふ」

どういうわけかサアヤはニヤリと笑うと、グルリと回り込み、私と一つ間を空けて席についた。

「ちょっと、何のつもりよ」

サアヤは私と視線も合わせず、鞄の中から携帯電話やら鏡やらを取り出して卓上に並べていく。

「あんたがここにいるってことは、ソウスケ君も来るってことだよね」

サアヤは独り言のように口にすると、鏡を見つめて目をパチクリさせる。

何様なの、まったく。

「ソウスケが来るからって何なの。どこか別の席に行ってよ」

「そっか、ソウスケ君に会いたかったら、あんたを目印にすればいいってわけだ。いいことに気づいちゃった、アハハ」

この。頭に血が上るが、いい悪口が思いつかない。喧嘩慣れしてないことが悔しい。

「あ、やっぱりソウスケ君来た」

サアヤが顔をあげて笑う。

私の視界の端にも、だるそうな感じで歩いてくるソウスケの姿が映った。

「ヒヨリ、席確保ありがとう……あれ」

「久しぶり、ソウスケ君」

サアヤはとびっきりの笑顔でソウスケを迎える。

「何でサアヤがいるの？」

ソウスケは聞き、私とサアヤを交互に見る。

「私は知らないよ、サアヤが勝手に……」

「偶然会ってさ。意気投合して座ってたのよ。さ、ソウスケ君、間にどーぞ」

私の話を遮り、サアヤはソウスケに座るよう促す。ソウスケは困惑しながら私とサアヤの間に座った。当然のこと、といった態度でサアヤがソウスケの腕にからみつく。

　ソウスケが眉間にしわを寄せ、私の顔を見た。私は小声で言う。

「強引に座ってきたんだよ。私は他の席に行けって言ったのに……」

「あー……まあ、そうだろうね」

　ソウスケはうなずき、サアヤの腕を迷惑そうに振り払った。

「ソウスケ君、授業終わったらどっか行かない？　あたし今日は午後、ずっと暇なんだけど」

　サアヤはまったくめげることなく質問する。またも公然と人の彼氏を誘惑し始めやがった。それにしても、常に午後が暇な女だな。

「ダメだよ。今日も人形会があるんだ」

　そうだ。その調子で、断って。

「ふーん……こないだもそう言ってたけど、人形会って何？　面白いのそれ？」

「人形作家たちが情報交換のために集まる定例会だよ。一般人が来て楽しいところじゃないぞ」

　ずいとサアヤが身を乗り出す。豊かなその胸がぷるんと揺れる。

「え？　それ、すっごく面白そうじゃない。あたしも連れてってよ」

「サアヤお前、人形に興味あんの？」

「あるある。前からそういうの行ってみたかったのよ。だって人形ってミステリアスでさ、なんかすっごい心惹かれるじゃない。それに人形作家たちの集まりなんて、普通じゃ絶対行けないし！　えー凄い、こんな身近にそういう空間があるなんて」

ソウスケの表情が緩む。まずい。

彼は心から人形を愛している。同時に、人形を愛する人に対して彼は優しい。

「へえ、なら来るかい？」

「ちょっと待って、ソウスケ。ちょっとそれどうなのよ」

「何だよヒヨリ嫌なのか？　でもな、人形に興味がある人に対して、人形に触れる場を提供するのも僕たちの大切な使命なんだ。人形会は人形好きな人はいつだって、誰だって歓迎だよ」

「嬉しい！　ぜひ連れてってよソウスケ君」

サアヤがニヤニヤと笑う。一瞬、視線が合う。

下心のある目にしか見えない。何が人形に心惹かれる、だ。どこまで本当か怪しいもの。ソウスケに近づく口実に決まっている。こんなに露骨なのに、ソウスケだけが気がつかない。本当に男って、バカ。

「じゃあ、授業終わったら行こう」

「うん！　楽しみにしてる」

「ヒヨリも別に、一人くらい増えたって構わないだろ？」

「……好きにすれば」

私はふんと鼻を鳴らす。

「ふうん？　その子も一緒に来るんだ？　できればソウスケ君と二人きりがいいのにな」

どこまで図々しいのか。

「私が行っちゃ悪いってわけ？」

思わず語調が荒くなる。

「ま、でもしょうがないよね。だってその子〝彼女〟なんでしょ、今のところ」

サアヤは私を指さしながらおちょくるように言い、笑う。

「……そんな子のどこがいいのか分かんないけどぉ」

小さくそうつぶやくのが、聞こえた。

もう。大嫌い、この人。


人形会の部屋に入ったとき、メンバーの視線はまずはサアヤに向けられた。

「へえ……また女連れてきたの。しかも今度はギャルときた」

不快そうな声を出したのはコウタロウだった。ソウスケはコウタロウをひと睨みするが、何も言わずに目をそらし、チヒロさんに頭を下げた。

「チヒロさん、ごめん。突然新しい人を連れてきちゃって。梶山サアヤ、大学で同じゼミの子なんだ。人形に興味があるっていうから」

チヒロさんはにこやかにほほ笑む。

「人形に興味ある人なら誰でも歓迎よ。一緒にお茶を飲んでもいいし、お店の人形を見ていていただいても構わないわ」

「ありがとうございますっ。あたし、人形大好きなんですよ〜」

愛想よく笑うサアヤ。何が人形大好き、だ。嘘くさい。

サアヤは素早く回り込み、ソウスケの隣の席に座った。癪に障るが、露骨すぎていっそすがすがしい。私がため息をついていると、ソウスケが椅子を引き、もう片方の隣側に私を座らせてくれた。大丈夫。ソウスケの気持ちは私にしか向いていない。

「はい、お茶どうぞ」

「ありがとうございます」

チヒロさんが優しくカップを並べていく。

「ごめんなさいね。急にみなさんをお呼び立てしちゃって」

今日の人形会が臨時開催であるとは私もソウスケから聞いていた。

「何人かの方は知っていると思うんだけれど、ちょっと気になる事件が起きちゃって。念のためそれを共有する機会があったほうがいいと思って、都合のつく方だけ集まってもらったの」

ああ、なるほど。きっとキョウコの人形が壊されたことだ。私は理解し、キョウコの姿を探す。しかし、室内に彼女はいなかった。

「キョウコちゃんだけ連絡がつかなかったんで欠席だけれど……みなさん集まってくれて助かったわ」

キョウコは欠席か。タクを壊されたショックから、まだ立ち直れていないのかもしれない。私は一人うなずく。

「今日のお菓子は、誰かにキョウコちゃんのところに持っていってもらいましょうかね。そうね、ユカリさんお願いしてもいい？」

「私なら、別に大丈夫ですよ」

「ありがとうね」

「で、お菓子はいいとして、いったい何があったんですか？」

ユカリが聞くと、チヒロさんは少し悲しそうな目をした。

「それがね……人形が壊されたのよ」

ソウスケの目がキラリと光る。正面に座るコウタロウを睨みつけているように見えた。ソウスケは明らかにタイミングを計っている。チヒロさんの説明が終わり次第、コウタロウを詰問するつもりだろう。そのコウタロウは少しうつむき、呆然としている。ソウスケと目を合わせたくないのだろうか。

「人形ですか？　誰の人形が壊されたんですか？」

ユカリが言う。

「それはね……」

キョウコの人形でしょう。

「コウタロウさんのよ」

コウタロウは悲しそうに、視線を落としたままだった。


「『笹乃』が壊されたんだ」

コウタロウはまるで自分の子供を失ったかのように、涙をにじませながら言う。

「『笹乃』って……展示室の奥に飾ってあった着物の奴ですか」

「そうさ。俺の最高傑作だ」

展示室の奥。着物。その言葉で思い出す。

確かに奥に和風の人形があった。『非売品』とプレートが置かれていたように思う。

人形が着ていたのは、着物といっても浴衣に近いラフなもの。しかしその模様は派手で、色とりどりに花柄があしらってあった。胸元が下品でない程度にはだけていて、肩あたりまで滑らかに伸びた黒髪には鼈甲《べっこう》の髪飾りが光る。目元のくっきりとした凛々しい表情であり、美少年とも美少女とも判断がつかない。かといって中性的というわけでもなく、見る角度によって男性らしい凛々しさと女性らしい妖しさが交互に現れる、不思議な人形だった。

ソウスケの、どちらかと言えば古風な雰囲気とはまた違うものがある。鮮やかで、現代的で、躍動感があった。

あれはコウタロウが創ったものだったのか。

そう言われてみると納得できる部分もある。例えば、目がかなり大きい。実際の人間ではありえないだろうが、人形の目としては不自然でない程度のバランス。それによって現実と空想の間のような表情を生み出している。リアリティにこだわるソウスケとはまた別の、美へのアプローチだった。デフォルメされたアニメ絵を三次元に造形する美少女フィギュア。その技術が応用されているのかもしれない。

まぎれもなく傑作と言える人形だった。

「昨日ちょっと用があって工房に寄ったら、笹乃の頭部だけが失くなっていたんだ」

絞り出すようなコウタロウの発言に、ゾッとする。

人形とはいえ、その存在感は人間のそれにかなり近い。

展示室の奥で首のない人形が立ちつくしている光景は、想像するだけでも不気味だった。

「頭部はすぐに見つかったよ。トイレでな。水を張った洗面台の中に沈んでいたんだ」

鳥肌が立ちそうになる。洗面台。その中に入れられた首。髪は海草のようにたゆたい、命の宿っていない目は呆然と虚空を見る。気持ち悪いなあ。その発想自体が理解できない。

誰が、どうしてそんなことを。

「私の管理不足だわ。本当にごめんなさい」

チヒロさんが頭を下げるが、コウタロウが制止する。

「チヒロさんのせいじゃないよ。それに俺も展示してもらっている以上は、壊れるくらいは覚悟していた。最悪、盗まれることだってあり得る。だけどな、これはやり方があまりにも陰険すぎる」

「確かにそうですね……」

「俺に対する嫌がらせ以外の何物でもない。俺のことが嫌いだからって、こんな手段に出るのは卑怯だ」

コウタロウの口調は次第に激しくなってきた。

「人形創りのライバルなんだったら、純粋に人形だけで勝負するべきだろ。才能があったって、性格がこんなふうにねじまがってたらどうしようもない。そんな奴にこの人形会に所属している権利があるのか？　どうなんだよ！」

その矛先ははっきりとソウスケに向けられている。

「その言い草はなんだ。僕がやったとでも言いたいのか？」

ソウスケも怒鳴り返す。

「他に誰がいるんだよ。笹乃の頭部はワイヤーのゴムを切断されただけだった。一番労力が少ない方法で、バラされてたんだよ。構造を知っている奴以外に、どうしてこんなことができる？」

「ワイヤーのゴムを、切断……？」

サアヤが不思議そうな顔をする。

「それでなぜ僕だと決めつけられるんだ！」

ソウスケの顔は真っ赤だった。怒っている。

「ふ、二人とも落ち着いて。穏便にお話ししましょうよ。コウタロウさんも、決めつけはよくないですし……」

チヒロさんが間に入るが、ソウスケは聞きもしない。

「じゃあ言ってやる。昨日壊されたのは、お前のボロ人形だけじゃない。キョウコの『タク』も壊されたんだ。あの人形を創ったのは誰だか、人形会のメンバーなら全員知っているよな。そう、僕だ。僕の人形をバラバラに分解して、キョウコを泣かせて喜んでいるバカがいる。性根の腐った奴だ。笹乃？　壊れたって構わないじゃないか。

どうしようもない奴の人形なんか、いっそ壊れたほうがせいせいする」

「何だと？　冗談でも許さねえぞ」

コウタロウとソウスケは席を立つ。ほとんど殴り合いが始まりそうな剣幕である。

「ちょっと、やめなさいよ」

私は止めるが、こうなったらソウスケはなかなか収まらないことも知っていた。ソウスケはプライドを傷つけられると激怒するのだ。誇り高く、同時に子供っぽい。

その隣で呆然としているサアヤの姿が見える。

初めてやってきた人形会でこんな喧嘩に遭遇しては、さすがに困ってしまうだろう。私は少しだけサアヤに同情した。

「二人とも、言い争いはやめてください。ちょっと話を整理しましょうよ」

ユカリが強い語調で言う。彼女はキョウコを除けばこの中で最年少のようだが、精神年齢は高そうだ。

「壊されたのはコウタロウさんの人形だけでなく、キョウコさんの……ソウスケさん制作の人形もだって話ですよね？　だったら、犯人はコウタロウさんでも、ソウスケさんでもないいんじゃないですか」

「何言ってんだユカリ、こいつが……」

「それにお二人も含めて、我々人形作家は人形を傷つけることは当然、嫌いです。特に人形会のメンバーはみんなそうでしょう。嫌いな人間の人形であっても、それを壊すようなことは人形作家のプライドが許さないはずです。それは人形を壊されてそこまでお怒りのお二人なら、よく分かっていると思いますけど？」

「……」

ソウスケは黙り込む。

「しかし、人形の壊し方を見ると、人形作家の犯行だとしか……」

「コウタロウさん、球体関節人形の構造なんて調べれば誰でも分かるじゃないですか。それに、お客さんにだって詳しい方はいっぱいいます。壊し方がプロっぽいからって、犯人が人形作家だと決めつけるのはおかしいですよ」

「何でそんなに俺の意見を否定するんだよ？　さてはお前が壊したのか？」

「どういう言いがかりですか。もう、話にならないですね。だいたい私がコウタロウさんの人形を壊して何か得がありますか？」

「決まってるだろ、俺の人形を壊せばお前の人形が売れるようになる……」

そこまで言って、コウタロウはため息を吐いた。

「……んなわけねえよなあ」

そして椅子に深く座り込んだ。

煮詰まった場の空気が、急速に冷えていく。

コウタロウは弱々しく口にした。

「……悪かったよ、ユカリ。あとソウスケも。変に疑ってすまない」

「……ふん」

ソウスケも席につく。

「でもな、じゃあ誰がこんなことをしてるんだよ？　ただ壊すなんて、何のメリットもないじゃないか。盗み出して売ったほうが絶対にいい。キョウコちゃんの人形に至っては、彼女の私物だろ。それを壊して何がしたいんだ？」

「誰かのイタズラかしらね……」

「イタズラでここまでしますかね？」

ユカリはいぶかしむが、チヒロさんはお茶を飲みながら続ける。

「人形が気持ち悪い、不気味だって考える人もいますからね。こんな店をやっていると、変な噂も立つし……ずっと前にも近所の人から嫌がらせを受けたことはあったわ」

それは人形工房のオーナーらしい発言だった。

まあチヒロさんのように、亡くなった家族を人形で再現して……その人形にお茶をあげたり、語りかけたりしていれば噂になってもおかしくないとは思う。

「人形に理解のない人がいるのはしょうがないわ。少しずつ、受け入れてもらうしかない……」

「でもチヒロさん、また人形が壊されたらどうします」

チヒロさんは旦那の姿をした人形を見て、ふうと息を吐く。

「営業時間中はよく注意するようにするわ。それから、施錠する時間帯は鍵の数を増やす。そうして、予防に努めることにしましょう」

「……まあ、それしかないか」

コウタロウがうなずく。

ソウスケも不満そうではあったが、しかし別の案があるわけでもなく、黙りこんだ。

「念のため、みんなも人形の管理には気をつけるようにしてね。じゃあ、このお話はこれで終わり。サアヤさん、怖がらせてごめんね。今からはいつもどおり人形についていろいろお話ししてあげるから」

「え？　あ、はい、大丈夫ですよ、アハハ」

サアヤはにっこりと笑ってみせた。

場の空気は少しずつ和らぎ、雑談や展示されている人形の解説などが始まった。

結局、タクや笹乃を壊した犯人についてはうやむやになってしまった。確かにこれ以上ムリに追及しても仕方ないだろう。

しかし、私にはどうしても気になることがあった。

ふと、見てしまったのだ。壊された人形を巡ってコウタロウとソウスケが言い争いになっている間に、ニヤニヤと笑いをかみ殺しているサアヤを。

「弾力が足りない」

ソウスケはまな板の上で生地と格闘している。

「なめらかさも足りない」

繊細に、それでいて力強く。彼が練り、延ばし、つぶしている白い生地はパンではない。ましてや、餃子の皮でもない。

「もう少し膠を加えるか」

そう言って何か怪しげな液体を生地に加え、さらに練り続ける。私はソウスケの作業をずっと見ていたが、生地が完成に近づいているのかどうかもさっぱり分からない。数分前に彼は、ボウルの中に何やら粉を入れてこね、乳棒で打ちつける作業を繰返していた。さながら餅つきである。知らない人間が見れば、料理の下ごしらえとしか思えないだろう。最初は私も、今日の夕食はずいぶんと気合いの入ったものを作るようだなどと思っていた。

私は質問する。

「それ、小麦粉じゃないんだよね？」

「何を言ってるんだヒヨリ。これは人形の材料だよ。胡粉っていうんだ」

「胡粉って何の粉なの」

「貝だ。ハマグリとかホタテ、あとカキ」

「良いダシが取れそうね」

ソウスケは笑う。

「貝殻の部分だから美味しいダシは期待できないぞ。単なる炭酸カルシウムだからね」

ソウスケは練り上げた白い塊を持って電灯にかざすと、目を細めて観察し、うなずく。満足のいく粘度になったらしい。今度はその塊を細かくちぎり、ミキサーに放り込み始めた。

「いよいよ料理になってきたような気がするけど」

「これは要するに顔料でね。人形の表面を塗装するのに使うんだ」

「塗料ってこと？」

「そう。だいたいあってるよ」

ソウスケはミキサーに入れた生地に、お湯、さらに赤絵の具を慎重に加えていく。

「これで淡い肌色になる」

「それっぽっちの色付けで足りるの？」

「淡いくらいの色のほうがいいんだよ。実際に塗ってみると、微量でもかなり濃く感じられるからね。まずは薄く塗って、あとから微調整をしていくんだ。油絵とか描いたことある？　それと同じで最初に濃くしすぎると調整がしづらいんだ。……これでよし」

ソウスケはミキサーのスイッチを入れる。鋭い音が響き、生地はみるみる液状になっていく。

「あのさ、ソウスケ……」

「ん？」

「人形壊した犯人だけどさ」

「ああ……『笹乃』も壊されていたのは予想外だったな」

「うん」

「とはいえ、僕の中でコウタロウが怪しいと思うことには違いないけど」

「強情だね」

「あいつは僕を困らせるためなら、何をしたっておかしくない」

ソウスケは不機嫌そうに言ってのける。本当に仲の悪い二人だ。それとも相手を排斥するほどの自尊心がないと、良い人形は創れないのだろうか。

「でも、人形の首を洗面台に沈めるなんて。不気味だよ」

「……シャワーを浴びせようとしたんじゃないのか」

「え？」

ポンと返されたソウスケの言葉の意味が理解できず、私は戸惑う。

「シャワー？　どういうこと？」

「えーと、つまり」

ソウスケは頭をかきながら私のほうを向く。

「人形の髪を洗ってやろうとしたんじゃないかってこと」

「髪を……？」

「球体関節人形の髪は、人間の髪と同じように扱えるんだ。ま、人間の髪そのものや、カツラに使えるような素材を植え付けてあるんだから当然の話なんだけれど。シャンプーやヘアワックスで手入れをする人も多いし、ヘアアイロンでウェーブをつける人だっている」

ソウスケは私の髪に触れ、クルクルと指先に巻きつけながら言う。

「笹乃はずっと展示室に置かれて、埃を被っていただろう。そんな彼女を気の毒に思った人物がいたのかもしれない。ヒヨリ、あの工房のトイレ入ったことあるか？　ユニットバスなんだよ。トイレの横に風呂場が併設されてるんだ。シャンプーだって置かれている。そこで洗ってやろうとしたんじゃないかな。犯人はその作業の途中で見つかりそうになって、逃げた」

「……なる……ほど」

そういうものなのか。まったく頭の中になかった発想に、私は素直に感心する。

「ただ、そんな手入れは制作者であるコウタロウか、もしくは工房のスタッフがやるべきことだ」

ソウスケは眉間にしわを寄せる。

「なんか妙なんだよな……」

「何が？」

「僕の仮説が正しいとしての話だが。犯人は、たまたま見かけた笹乃の髪の汚れを可哀想だと感じた」

「うん」

「人間ではない、ただの人形である笹乃を可哀想だと感じた」

「ん？　うん」

「犯人には、笹乃が人間に見えたのかもしれない」

「……え？」

嫌な感じがした。

何て事のない発言だったが、とても嫌な感じ。

人形が、人間に見える……。当たり前だ。人形は人間に見えるように創られているのだから。人間に見えなかったら、それは人形として失格だ。しかし、その発言を一流の人形作家であるソウスケの口から聞くと、なんだか肌が粟立つようだった。

戦慄する私をよそに、ソウスケは不快そうに続ける。

「まあ、コウタロウの人形なんてバラバラに壊されたって、僕にとってはどうでもいいんだけどね……」

そして私に背を向けると、シェイクを終えて停止しているミキサーの蓋を開いた。

生地はすっかり液体になっていた。ドロッとしたその質感、薄い肌色。じゃがいものポタージュを思わせる。

ソウスケは筆でそのスープを数回かきまぜると、言った。

「とろみが足りないな」

だんだんおなかが空いてきた。


何者かが人形を壊してまわっている。

それ自体は良いことではない。しかし、さほど大騒ぎするようなことでもない。少なくとも、警察に通報するほどではない……。イタズラをしている犯人も、やがて飽きて手を引くだろう。

そんなふうに私もソウスケも考えていた。

今日はソウスケも私も、授業は三限目だけだ。顔料を塗り終えた人形の横でソウスケはうたた寝をしているし、そんなソウスケの寝顔を見ながら私はぼうっとしている。のんびりした空気が満ちていた。

突然、インターホンが鳴った。

私が出るより早くソウスケが飛び起き、不機嫌そうに受話器を取る。外からの声は、私にも聞こえてきた。

「警察の者です。昨日、吉川のほうで事件がありました。お忙しいところすみませんが、少しお話しを聞かせていただけませんか」

紳士的な口調ではあったが、有無を言わせぬ迫力に満ちていた。

ソウスケが私と手をつないでドアを開くと、そこにスーツ姿の男が立っていた。鋭い目がギラリと光り、異様な気配を漲らせている。

男は慣れた仕草で警察手帳を開き、私たちに示した。それがなければ、その筋の者と言われても納得してしまいそうな風貌である。

「警視庁の坂野と申します」

坂野はボソリと自己紹介すると、一枚の写真を取り出した。

「南部キョウコさん。ご存じですね？」

「……はい」

そこに写っていたのは、控え目な笑みを浮かべたキョウコだった。

「最後に会ったのはいつですか？」

ソウスケはいぶかしみながらも答える。

「ええと……二日前ですけど」

「そのときの状況を教えてください」

坂野は手短かに言い、手帳とペンを取り出した。

「ちょっと、ちょっと待ってください」

「どうしました？」

「キョウコに何かあったんですか？」

「ええ……」

坂野は少し考えるそぶりを見せたが、すぐに口を開いた。

「本日早朝、キョウコさんのものと思われるご遺体が、ご自宅で発見されました」

私たちは絶句する。

「……まさか自殺？」

顔面蒼白でソウスケが聞く。考えている内容はすぐに分かった。タクが壊れたことで、キョウコはかなりショックを受けていた。そのために自ら死を選んでしまったのではないか。おそるおそる顔色を窺うソウスケに、坂野は容赦なく言ってのけた。

「いえ、はっきり言ってしまいますが、殺人事件です」

「殺人ですって？」

「はい。ご遺体は首と胴体、それから右手が分断されていました。いわゆるバラバラ殺人ですね」

坂野は目を伏せながらサラリと言う。

「バラバラ殺人……？」

これは夢ではないのか。足元がグラグラと揺れるような気がする。つい先日まで生きていたキョウコが、分解された……

それは人形の話ではなくて？

タクという人形が分解される事件ならちょっと前に起きた。ならばキョウコというのも、人形ではないのか？　信じられない話に、私の頭は混乱する。目を瞑ると、キョウコの生首とタクの頭部が交互にイメージされる。やめて。気が遠くなりそうだ。

「まさか、そんな、まさか……」

ソウスケも狼狽する。

坂野はそれ以上何も言わず、私たちの様子を見つめていた。

「あの……坂野さん」

「はい？」

「それは、見間違いというか、その……」

「ええ」

「……人形じゃなかったんですか？」

ソウスケも私と同じような気持ちだったのだろう。私がしたかった質問を、ソウスケは坂野にぶつけた。

「人形ですって？」

「はい。その、なんというか……球体関節人形って言うんですけど、リアルに創られた陶器の人形……」

坂野は一瞬だけ目を丸くし、すぐに戻す。

「……よくご存じですね」

「えっ？」

やっぱり人形だったの？　どこかほっとしかけた私たちを、坂野の次の言葉が打ち砕く。

「おっしゃるとおり、遺体のそばには人形がありました。いえ、もっと正確に言うなら……遺体は人形と交ざっていた、というところでしょうね」

ゾワゾワと私の背筋を冷たいものが這い上がってくる。

「遺体の頭部と両腕は、人形の頭部と両腕に入れ替わっていました。まるでパーツを交換したように。人間の胴体に人形の首と、両腕がついているという格好です」

ソウスケが息を呑む。

「なお本物の頭部と両腕、それから人形の胴体と下半身はまだ見つかっていません。遺体がキョウコさんだとまだ断定できないのも、そのためです」

坂野は私たちを見つめ、穏やかに言う。

「しかし、どうしてあなたはそれを知っているのですか？」

タクが。キョウコと。交ざった。人形が、人間と……。

その光景が脳裏に浮かびかけたそのとき、私は意識を失った。


ベッドで目覚めたとき、そばにはソウスケがいた。

「あ……」

不安そうにあたりを見回す私の頭を、ソウスケは黙って撫でる。その目は少し赤くなっていた。泣いたのかもしれない。

窓にはカーテンが引かれていた。差し込む光は見えない。もう夜なのだろうか。けっこう長いこと、気を失っていたようだ。

「コーヒー、ここに置くよ」

ソウスケがカップをサイドテーブルに載せてくれる。

「ありがとう」

私は礼を言うが、手を伸ばす気にはなれない。坂野の言葉が再び頭の奥でグルグルと回りはじめた。気持ちの悪い想像が、どうしても振り払えない。

「……ソウスケ」

「ん？」

「坂野さんは？」

「帰ったよ。いろいろ質問されてね」

「……やっぱり、夢じゃなかったんだ」

ソウスケは唇を噛む。

「そうだな」

作業台には下塗りだけが終わった人形のパーツが置かれている。作業は進んでいないようだ。さすがにソウスケも取りかかる気になれないのだろう。

「キョウコが殺されたなんて……」

「私、まだ信じられないよ」

「僕だって信じられないいさ」

「坂野さん……私たちを疑ってたのかな」

ソウスケは首を振る。

「そんな感じじゃなかったよ。一瞬、現場の様子をなぜ知っているのか不審がられたけれど……人形が壊される事件があったと説明したら、すぐに納得してくれたし。あとは普段のことや、キョウコのことをいくつか聞かれただけだった」

「それならいいけど」

「まあ、ああいう聞き込みって容疑者に『疑っていることを感づかれないようにする』のが原則らしいから、心の中でどう思っているのかは分からないけど」

「……」

「でも、僕たちは何もやましいことはしてないんだから、心配する必要はないさ」

私を安心させようとしてか、ソウスケは笑う。

「……そうだね」

「それに、さっきチヒロさんと電話で話したんだ。チヒロさんや他の人形会メンバーのところにも、坂野さんが聞き込みに来たらしい」

「ん？　それが？」

「だから、疑われているのは僕たちだけじゃないってことだよ」

「ああ、そうね……」

頭が痛い。凄く疲れているのが、自分でよく分かる。

キョウコちゃんが死んだ。

それが、通り魔に殺されてしまったとか、交通事故とかだったらまだ理解できる。衝撃的ではあるが、まだ飲み込める。それは起こり得ることだ。

しかし、人形と交ぜられていたというのは……あまりにも不気味すぎて、私の理解の範疇を超えていた。

一人の人間と一人の人形を壊し、二つの融合物を創る。

どういう人間だったら、そんな発想に至るのだろうか。

「それにしても、怖いな」

ソウスケは自分のコーヒーを口に運ぶ。その手は震えていた。

「そうだよね。私も凄く恐ろしい。ソウスケ、よく失神しないでいられるって思うくらい」

「ん？　あ、まあな」

「こんなに身近で殺人事件が起こるなんて……信じられないよ。それも、こんなに猟奇的な」

「うん……」

ソウスケは人差し指と親指とをすり合わせるようにしながら、虚空を見つめる。

「でも僕が怖いのは、もっと別のことだよ。僕は……僕は、犯人の気持ちが少し理解できるような気がするのが、怖い」

「どういうこと?」

「電話したとき、チヒロさんの声も震えていた。聞いた話だけど、コウタロウやユカリもかなりショックを受けているそうだ。みんな、同じなんだ。犯人の感覚がそんなに遠いものではないと、感じているんだ」

「……もう少し分かりやすく説明して」

ソウスケは私のほうに振り向いた。

顔は青白く、目だけが透き通っている。

私はその表情に一瞬ひるむ。ソウスケは震える唇で、歯をカチカチと鳴らしながら言った。

「……犯人はたぶん……人形と人間との区別が、ついていない」

その夜。

私たちはなかなか眠れず、一緒の布団でくっつきあっていた。

ソウスケの吐息がすぐ近くで聞こえる。その体温はびっくりするくらいに低く感じられた。

私と比べればだいぶ大きい体。その体で私を抱きしめながら、彼は震えていた。ポツリポツリと口にするソウスケの言葉を聞きながら、私は少しでもソウスケを温めたいと思い、力の限りに抱きしめ返す。

「ヒヨリ……真夜中に人形と出くわしたら、怖いだろう」

「うん、それはちょっと怖いかな……」

「どうして怖い？」

「どうしてって……不気味だもの」

「球体関節人形ってのは、陶器だ。ただのモノにすぎない。材質的には、お皿なんかとそう変わらないわけだ。でも真夜中にお皿と出くわしても怖くはない、そうだろ？」

「お皿はまあ、怖くはないね」

「つまり人形は、モノにしてモノにあらず。すでにモノという領域を超えて、人間に近づいている存在なんだよ。夜中の人形が怖いのは、人形に秘められた人間性を君が感じ取っているからなんだ」

「……なんかそう言われると、怖い」

「人間を模して人形を創った時点で、それは人間に近づくんだ。折り紙で創った人型だって、ただの紙と比べればほんのわずかに人間に近づいている。手をかければかけるほど、どんどん人間に近づいていく。人間らしさが増していき……どこかで、人間になる」

「いや、人間になることはありえないでしょ」

「ありえるんだ」

「……ないよ」

「じゃあ聞くけれど、どんどん人形の技術が上がっていったらどうなる？　人間の皮膚に限りなく近い素材が使えるようになり、思考や感情を組み込めるようになり、筋肉や神経による制御が可能になっていったら……？　どこで、人形と人間は区別される？」

「それは……ＳＦのお話でしょ」

「まあ、今の時点では非現実的かもしれない」

「だったら、そんなの心配する必要ない」

「そんなことはない。今の技術による人形だって、人間になりえるんだ」

「嘘だよ」

「嘘じゃない。人形と接する人間が、その人形の中に人間を見出したとき……その人形は、その人間にとって人間になる」

「何それ……まるで早口言葉みたい」

私は笑うが、ソウスケの声はいたって真剣だった。

「障害で手脚の動かせない子供、言葉の話せない子供、表情の変えられない子供でも母親にとってはかけがえのない存在であるように……接する人間にとっては、人形ではなく人間になってしまうことが実際にある」

「……」

「そもそも、そのために人形は創られているんだ。人形は持ち主にとって都合のいいときに人間になることで、人間を癒すためにあるんだからね」

「そういう考え方もできるかもしれないけど……」

「チヒロさんを見ろ。失った旦那さんと息子さんを、人形にして心を慰めている。キヨウコだってそうだ。人形を弟として可愛がって、心の平穏を得ていた。コウタロウだって笹乃を傷つけられたときは、友人を傷つけられたように怒りを抱いた。ユカリは、自分の人形に話しかけながら手入れをしている。そして、僕だってそうだ……僕をいつも見ているヒヨリなら、僕が人形にしょっちゅう話しかけたりしているのを知っているだろう？」

「うん……」

「僕は感じるんだ。良い人形を創ろうとするたび、人形が人間に近づいてくるのを。人間を創るように人形を創れたときに、良い人形ができる。だから僕は、いろいろな方法で人形を人間だと思い込むようにしている……そうすると……」

「どうなるの……」

「僕が、人形に近づいていくんだ。人間が、人形に近づいていくんだ」

「……」

理解できるようで、理解不能の考えをソウスケが口にする。

「時々、そばを通り過ぎる人間が人形のように見えることがある。そこまで狂気的でなくても、例えば綺麗な人を見て、その姿を人形でどうやったら再現できるかと考えたときに……その人の上に人形のイメージが重なることがある……だんだん人形と人間が混ざっていく……人形と人間の区別がつかなくなってくる……」

「そうかもしれないけど、ソウスケは区別できてるじゃない。できてるから、人形作家なんでしょ？」

何だかソウスケがどこか遠くに行ってしまいそうな気がして、私は思わず大きな声を出す。

「そう……そうなんだ、ヒヨリ、君は正しい。人形作家は誰よりも人間と人形を観察している。だからこそ、きちんと両者を区別できる。どこからが人形で、どこからが人間かはっきり自分で決めている、そういうものだ。それができなくなったら、人形作家失格だ。いや、ほとんど人間失格かもしれないな」

「そうでしょ。大丈夫だよ」

「だからこそ、怖いんだよ。自分の感覚が狂ってしまうのが怖いんだよ。何かの拍子に、人間と人形を区別できなくなってしまったら……それが凄く怖いんだ。普段、あえて自分を、人間と人形の境目が曖昧になるような状態に追い込んで仕事をしているからね。その狂気が、凄く近くに感じられるんだ」

「そんなことありえないよ」

「ありえるさ。実際、キョウコを殺した犯人は、人間と人形の区別がついてないんだから！」

今度はソウスケが大声を出した。それは悲鳴に近いものだった。

「僕には分かる。犯人は、あっち側にいっちまったんだ……人間と人形の境目を壊してしまったんだ」

ソウスケはガクガクと震えている。

「キョウコとタクを見て、人形が二体並んでいるように感じられたんだろう。だから分解したたし、分解したあときちんと元通りにしようとした。正常な神経で見れば、キョウコとタクのパーツを交ぜたら元通りになりはしない。でも、犯人には……元通りに見えたんだ。きっとそうなんだ。それ以外で、あんなムチャクチャな殺人が行われるはずがない」

ソウスケは汗をかいていた。冷や汗。

「そうだ。犯人にはまったく罪を犯している意識がないかもしれない。ただいつものように人形を加工しているだけと思っているかもしれない。その手を血に染めながら、何一つ気づいていない……」

　そんなことが本当に起こるなら、恐ろしいことだ。

　正直私にはいまいちピンとこないが、ソウスケの怯えっぷりは尋常ではなかった。

　人形作家。

　その道を突き進むと、こういった感覚に陥るのだろうか。それとも、ソウスケだけのものなのだろうか。私には判断がつかない。私にできるのは、震えるソウスケを抱きしめてあげることだけだった。

　大丈夫。

　私はずっとそばにいるから。

「怖い、怖い……」

　ソウスケはしばらく震え、涙を流し……やがて疲れたのか、子供のように眠りに落ちた。


「ソ、ウ、ス、ケ、君」

　どこかから声が聞こえた。囁くような声。

　ハッと起きる。

　いつの間にか寝てしまっていた。今、何時だろう。分からない。

「ソ、ウ、ス、ケ、君」

また聞こえる。どうやら夢ではないらしい。

机脇に置かれた時計を見ると、針は十時半を指していた。こんな時間に誰だろう？

「……」

私はベッドに入ったまま、玄関の気配を窺う。

「留守かな……」

どこかで聞いたような声だ。

どうしよう。ソウスケを起こそうか。見ると、ソウスケは目を開いていた。しかし眠そうに、ぼうっとしている。

「ソウスケ、どうしよう。誰か来たみたいだよ」

私は小声で言う。

「みたいだな」

「出なくていいかな？」

「いいよ。だいたいこんな時間に来るのが非常識なんだ。居留守つかおう」

ソウスケはそう言うと、あくびをして寝がえりを打った。

「ふーん、留守か……」

ドアの向こう側でぶつくさ言うのが聞こえる。

留守だよ。早く帰りなよ。

「……」

突然ガチャガチャと金属がこすれあう音が聞こえ、私は飛び上がりそうになる。

「んー。やっぱり留守かねえ。もちろんロックもされてますっと……」

ドアノブを回したのか。ちゃんと鍵をかけておいてよかった。しかし急に訪ねてきて勝手にドアノブを回すなんて、なんという図々しさだろう。図々しい……図々しい奴……。

「出直すしかないかなあ」

サアヤだ。

あの媚びるような声、強引なまでの行動力、そして図々しさ。間違いない。一瞬で、サアヤがドアの向こうで室内に耳をすませているのが想像できた。

何しにきたの、いったい。

驚きを通り越して怖い。人形会でニヤニヤ笑っていたサアヤの顔が、首の取れた人形のイメージが、キョウコとタクの変わり果てた姿が闇の中に浮かんでは消える。ここ数日は怖いことがたくさんあった。もう勘弁してよ。

私は頭を抱えて布団にもぐりこみ、サアヤが早く諦めてくれるように祈る。

しばらくは何の音もしなかった。

サアヤがドアの前で立ち尽くしているのだろう。

ひどく長い時間がたった。もう朝になってしまうのではないかと思うころ、カツンと床を蹴る音が聞こえた。そして足音は少しずつ、遠ざかっていった。

ソウスケはいくつもの人形を同時進行で作成する。

おかげでアトリエとして使っている部屋の中には、未完成の人形が無数に転がることになる。半分塗装を終えた状態で放置されている上半身、加工途中で五本の指がつながったままの手、片方しか眼球の入っていない顔。

見慣れた光景ではあるが、殺人事件の話を聞いたあとで見ると、何となく落ち着かないものがある。

「おはよう」

ソウスケは私に背を向けて作業を続けながら、挨拶をした。

「あ……おはよう。早いね」

ソウスケは下塗りをした胴体に、さらに色を付けているところだった。下塗りの時点では単なる肌色であった部分に、うすく紅を入れて延ばし、あるいはかすかに蒼を入れてぼかす。人形は確かに人間に近づいていた。その肌は赤子のように瑞々しく艶めき、内側に温かい血が通っているような錯覚を生じさせる。

ソウスケの作業は荒々しいと言ってもいいくらいに素早い。

頭で考えることに手が追いつかない、そんな感じなのだろう。絵の具を筆先でかきまぜ、少しだけ塗ってはスポンジでぼかし、光にかざしつつ角度を変えて、再び色を取る。

ソウスケの目はキラキラと輝いていた。

「……どうかした？　ヒヨリ」

「いや。元気になったのかな……と思って」

昨日のソウスケは震えながら怯えていた。めったに見ない姿だ。目の前のソウスケはいつもと変わらないように見えたが、逆に昨日とのギャップが怖い。

ソウスケは一つ息を吐いた。

「いつまでもへこんでるわけにはいかないからね。僕のやることは一つだ」

そして、おもむろに服を脱いだ。

目が点になっている私の前で、ソウスケは自分の腹をしげしげと観察する。直接見つめ、鏡に映し、ポーズを変えて筋肉の浮かび上がり方を確かめる。あばらが浮かびかけている痩せた体躯。その肌は青白く、健康的とは言い難い。

自分の肌の色合いを参考にしているのだろう。しばらくして無言でうなずき、再び人形の腹を塗りはじめた。

「僕にできるのは、良い人形を創ることだけさ」

見事な彩色だ。

みるみるうちに人形の腹は、ふっくらと色づいていく。

絵心のない私にとっては、どうしてあのたった数種類の絵の具から、こんなにも柔らかそうな肌の質感が生み出せるのかさっぱり分からない。魔法のようだ。どんなに丁寧に説明されたって私にはできそうにない作業を、ソウスケはまるで最初から答えを知っているかのように速やかに行っていく。

「……」

生き物のように滑らかに動いていた筆が、人形の下腹部の手前で止まった。

「……あー……」

眺めている私をソウスケが振り返る。

「どうしたの」

「ヒヨリ、悪いんだけど」

ソウスケは真剣な面持ちのまま、私のほうへ歩いてきた。戸惑う私のすぐそばまでくると、パジャマのズボンに手を伸ばす。

「脱いで」

「ええ？」

思わず抵抗しようとするが、手を押さえられてしまう。何？　いきなり？　ソウスケの目は妙に冷静で、欲情している感じではない。

「この人形、女性なんだ。下腹部の影の感じを知りたい。君のを参考にしたいんだ」

するりと私のズボンを下ろすと、今度はパンティに指をかける。

「ちょっとちょっと、待って！」

私はヌードモデルでも何でもないぞ。勝手にデザインの参考にするな。

「腰と性器のあたりの質感を知りたいだけなんだ」

「そ、そんなのエロ本でも見ればいいじゃない」

「いろんな角度から見たいんだよ。それにモザイクがあっちゃ意味がないだろう？」

「え、やだちょっと、やめて……」

ソウスケはためらいなく、私のパンティを下ろした。


見られた。見られてしまった。

一番恥ずかしいところを、事細かに観察されてしまった。

なんて屈辱的なのか……。

見られている間、私はなるべく何も考えないようにして耐えた。「ちょっと比較のために色塗っていい？」だの、「写真撮っていい？」だのといったソウスケのリクエストは全て却下させてもらった。さすがに勘弁して。性的な目的ではなく、純粋な美的探究心からの行為であるところが厄介だ。

「まだ、怒ってるの？」

私の手を引いて歩きながらソウスケが言う。

「別に怒ってないけど……」

「いいじゃない、綺麗だったよ」

ケラケラと笑うソウスケ。見られているときのことを思い出して、顔に血が上りそうになる。

「もう、やめて！　バカ」

「はいはい」

ソウスケはおどけたように首をかしげる。

今日は土曜日。私とソウスケは人形の材料を買うために専門店に来ていた。そう言うと仕事の一環のようだが、事実上デートのようなものである。

「この生地はけっこういいな」

ソウスケは様々な布の中から一つを選び、手にとって確認する。今日買うのは画材のたぐいではなく、手芸用品や生地がメインだ。人形に着せる服や、小物を作るとのこと。

「このボタンとレースを組み合わせるかな」

人間に似せて創られた人形には、人間の服の縫製技術がそのまま使える。もちろん小さい分だけ作成にはコツがいるが、ソウスケはいつも器用に作ってしまうのだった。それこそ下着から、ジャケット、手袋、髪飾り、ベルト、スカート、腕時計や靴まで。型紙を丁寧に切ったり、針と糸で細かな刺繍を縫い込んでいく様を見ると、女として何となく負けた気持ちになったりもする。

「この金具、ガラス玉と組み合わせればちょっとシックなイヤリングになるんじゃない」

「良いアイデアだね。ヒヨリ、なかなかのセンスしてる」

「ちょっとそういうの、私もつけてみたいって思ったから」

私たちはあれこれ言いながら籠に商品を放り込んでいく。

あっという間に籠はずっしりと重くなり、ソウスケは両手で抱えるようにして運んだ。

「あ、ビーズコーナーがあるよソウスケ」

「ん……」

「あ」

色とりどりのビーズが並んでいる棚の向こう側を見て、私は思わず立ちすくんだ。

「いや、あっちのハトメが見たい」

ソウスケは私の手を引き、反対側へと歩き出した。

「どうして……あの人がここにいるの？」

棚のそばで私たちを睨みつけるように立っていたのは、間違いなくサアヤだった。髪を振り乱し、目はらんらんと光り、激しい憎悪を放っているように感じられた。

「え？　誰かいた？」

「見えなかった？　サアヤが立ってたの」

「あ、そうなの？　あいつも人形の材料を買いにきたのかな」

ソウスケは振り返る。その口調には好意的なものが感じられた。同好の士だとでも思っているのだろうか。

何だか、嫌な予感がする。

ソウスケにはもう、サアヤとかかわってほしくない。これはサアヤが本当に危険な人物だからそう思うのだろうか。それとも、ただ私が嫉妬しているからだろうか。どちらなのか分からない。

ソウスケはいくつかのハトメのうち手頃なものを見つくろうと、籠に放り込んだ。そしてレジに向かう。レジには長蛇の列ができている。

「ねえ、ソウスケ……」

「なに？」

「サアヤは、別に人形になんて興味ないと思う」

「そうなのか？」

「サアヤは、ソウスケのことが好きなんだよ」

「……」

「ただ、それだけなんじゃないかな」

「……それは知ってるよ」

「えっ？」

「何度か告白されたこともある」

私は絶句する。

「そのたびに断ってきたけれどね」

「そ、そうだったんだ」

「うん。ヒヨリ、心配してたのか？　君がいるのに僕が他の女と付き合うわけがないだろう」

「でもさ、断ったとしてもサアヤは諦めてないよ。しょっちゅう絡んでくるし。あれは絶対、まだ脈があると考えてるはず」

「だろうね」

「だろうねって……きっぱり断ったほうがいいんじゃないの」

「ああ……ごめん。ヒヨリを心配させる気はないんだ。だけどね、サアヤは僕が好きという一心で人形会に来たし、人形の材料を買いにも来たわけだろ？」

「え？　まあ……」

　ソウスケが何を言おうとしているのか見当がつき、私はため息をつく。

「理由は何であれ、人形に興味を持ってもらえるに越したことはないじゃないか。球体関節人形はまだまだ狭い世界だ。その世界に入ってくる人を増やすためなら、僕は何だってするつもりだ」

　やっぱりそういうことか。

「サアヤも最初は僕自身の魅力に惹かれていたとしても、いつか人形の奥深い魅力に気づくはずさ。そうしたら僕はゆっくりフェードアウトするだけでいい。別に浮気をしているわけでもないし、何の問題もないだろう？」

「でも……中途半端に脈がありそうな感じに見せるっていうのはどうかと思うんだけど」

　それは相手を騙していることになるのではないか。恨みを買うかもしれない。そのまま諦めてくれればいいけれど、相手を変に煽ってしまえば大変な事態になるような気がする。

「大丈夫だよ、僕の気持ちがヒヨリから離れることはあり得ないから」

ソウスケは笑う。そういうことじゃないのに。

私は何となく釈然としないものを抱きながらも、うなずくしかなかった。

「三万六千四百五十円になります」

レジ係は私にとってはびっくりするような金額を口にしたが、ソウスケは平然と財布からお札を取り出して払った。


大量の高価な人形材料を手にして店を出ると、熱のこもった空気が私たちを包み込む。いよいよ本格的に夏らしくなってきた。

人形の着る服だけでもかなりのお金がかかる。人形そのものの材料を含めればもっとだ。さらにソウスケの狂気じみた集中力と、時間が惜しげもなくつぎ込まれ……そうして創られた人形が、かけられたお金に輪をかけて高い金額で売れる。

つくづく凄い世界だよなあ。

それも、人形が売れればまだいい。売れなかったら……かけたお金も時間も、回収できない。創る時点では売れるかどうかなんて分からないのに、それでもソウスケたちは人形を創る。情熱と愛をこめて。

私は隣を歩くソウスケの横顔を、見つめた。

夏の太陽とは似つかわしくない色白の肌。歩道の横に延びる濃緑の街路樹たちと比べると明らかに生命力に欠ける。しかしその目は強い意志を秘めて輝いている。自分以外の全てを見下しているような傲慢な感情と、手抜きなく人形と向き合う決意とが漲っているのだ。凛々しい。

「なに？」

「いや、別に……」

ソウスケに気づかれた。少し恥ずかしくて私は目をそらす。

その瞬間だった。

「あら偶然ね。ソウスケ君」

「……サアヤ」

サアヤが私たちの目の前に立っていた。

「……何の用よ」

私はソウスケの手をギュッと握る。

サアヤは私をチラリと見たが、すぐに視線を外してソウスケを見る。

「サアヤ、やっぱり君も人形の材料を買いにきてたんだね？」

「え？　まあそうだけど。気がついてたの？」

「ヒヨリが君のことを見たって言ってたからね」

「あー、そうなんだ……」

サアヤが抱えている袋は、私たちのものよりもだいぶ小さかったが、確かにさっきの専門店のものだった。

「まあそれはいいのよ。ソウスケ君、よかったらあたしとちょっとお茶でもしない？」

「お茶？　しかしヒヨリは……」

ソウスケは私を見て逡巡する。

「何ならその子は置いてっちゃってもいいじゃない」

相変わらずサアヤは私に攻撃的だ。

「ずいぶんな言い草ね」

「あたしが誘ってるのはソウスケ君、あなただけなんだから」

「……」

あまりの言われように、何も言い返せない私。

「それに、人形のことについていろいろ話したいし」

「……ふうん」

また、人形の話を持ち出してきた。本当にどこまでも卑怯な女だ。

「それならちょっとだけ付き合ってもいいよ」

ソウスケはうなずく。

「ただし、当たり前だけどヒヨリも一緒だ」

そして私の手をしっかりと握り返してくれた。


嫌だ。行きたくない。

サアヤと一緒にお茶だなんて、嫌だ。絶対嫌。

私の全神経は、サアヤとお茶することを拒否していた。

ここでソウスケを引っ張って逃げ出してしまえばよかったのかもしれない。ここでサアヤを平手打ちして、追い払ってしまえばよかったのかもしれない。だけど私はどちらにも踏み切れなかった。

半ば思考停止に陥って、凍りついたように動けなかった。

私の手を包むソウスケの温かい手。それだけを頼りに歩く。

気がつけば私たちは、小さな喫茶店に入っていた。

アンティーク雑貨がふんだんに並べられたそのお店は、良い雰囲気ではあったがお客の数は少ない。趣味でやっているのかもしれない。綺麗にヒゲを整えた店主が注文を取りにくる。サアヤとソウスケはメニューを覗き込んだ。

「みんなコーヒーでいいかな」

「あ、ソウスケ君、あたしはオレンジジュースがいい」

「サアヤ、了解。じゃあコーヒー二つにオレンジジュース一つだね」

二人が私のほうを向く。私はそれでいい、という意を込めてうなずいてみせた。しかしサアヤが意地悪く言う。

「ヒヨリには飲み物いらないいんじゃない？　喉渇いてないでしょ」

「そんなこと……ないよ」

目の奥が熱くなるのを感じて、私は必死でこらえる。泣いてどうするんだ。

「サアヤ、いちいちヒヨリにつっかかるのはやめろよ。コーヒー二つにオレンジジュース一つ、お願いします」

「かしこまりました」

店主は私たちを不思議そうな目で見たが、それ以上の反応は見せずに厨房へと立ち去った。

「ふん」

露骨に不快そうな態度を取るサアヤ。私はうつむいて歯を食いしばる。

私にはこういうのは向いてない。喧嘩を売られたときに、買う能力が絶対的に欠けているんだ。言い返すこともできなければ、ソウスケに強く意見を言うこともできない。

どっちつかずの態度を取って耐えながら、事態が沈静化するのを待っているだけ。

そんな私の性格をソウスケは「育ちが良い」なんて褒めてくれるけれど、正直言ってちっとも嬉しくない。

「そうだソウスケ君、こないだは人形会に連れていってくれてありがとうね」

「いや。何かゴタゴタしちゃってて、悪かったよ。あの後もっといろいろあってさ……今、人形会はちょっと大変なことになってる」

「そうなんだ。人形を壊す人がいるって話になってたもんね」

「うん。未だに犯人は捕まってない」

「なるほどね。ま、中には人形嫌いな人ってのもいるんだろうなあ」

円形のテーブルの周りに椅子三つ。そこに私とサアヤとソウスケが座る。全員が全員の隣であり、かつ全員の顔を見ることができる位置関係だ。

しかしサアヤは徹頭徹尾、私を無視した。

私にほとんど背を向けるように斜めになって座り、ソウスケにのみ話しかける。身を乗り出し、ソウスケに近づき、私が存在していないかのようにふるまう。明らかに悪意あってのことだった。

もうどうでもいい。早く終わって。

私は居心地の悪さを感じながら、ソウスケのほうを力なく見つめた。

きっと私は青ざめ、死人のような表情をしていただろう。それくらい私にとって辛い時間だった。

それがソウスケにも伝わったのかもしれない。

飲み物が運ばれてきてそれぞれの前に置かれてすぐ、ソウスケは口にした。

「……そろそろ、帰ろうかな」

「え？　まだ十分くらいしかたってないじゃない」

「用事があるんだ。それに、ヒヨリもちょっと具合が悪そうだしね」

本当に救いの言葉に感じた。とにかくこの場にいることに耐えられない。ソウスケ、ありがとう。

「……そう」

サアヤは不快感を隠さずに言う。

ソウスケは優しい目で私を見る。

「ヒヨリ、大丈夫か？　ムリさせてごめんな」

「うん」

私はうなずく。その頭をソウスケの柔らかくて大きな手が軽く撫でた。

伸ばされた手で、私の視界が覆われる。その直前、見た。サアヤが氷のような目で私を見ているのを。そして机の下に両手を入れ、何やら怪しい動きをしているのを。

何だ？　何をしている？

机の下からはサアヤの鞄が少しだけ覗いていた。鞄の中から何かを取り出している。いや、もしかしたら何かをしまったのかもしれない。

混乱しているうちにソウスケの手は離れていく。そしてソウスケは立ちあがった。

「失礼。ちょっとだけ、お手洗いに行ってくる。それから帰ろう」

(ソウスケ、待って!)

私は思わず声を出そうとした。

しかし口は開いたけれど、声が出ない。どうして? ソウスケは私に背を向けると、ゆっくり店の隅へと歩いていく。私から離れていく。

待って! 今私から離れないで! そばにいて……。

必死だった。私は叫ぼうとし、手を動かそうとした。しかしどちらもできない。喉の奥はしびれたようになり、息をするので精一杯。手からは力が抜け、自分のバランスが崩れていく。どんな方法でもいい。足を踏みならすのでも、頭を机に打ち付けるのでもいい、とにかくソウスケに気づいてもらいたい。

しかしムリだった。

体に力が入らない。背もたれがなかったら、私は椅子から転げ落ちていたかもしれない。

ソウスケが離れていくにつれ、体全体が眠りに落ちるように機能停止していく。視界もうっすらと暗くなり、像がぼやけて焦点が合わない。何で。どうして。パニックになる私の目の前で、サアヤがニヤッと笑うのが見えた。

まさか。

サアヤ。

私に何かした？

まさか、薬を……？

そんなことまでするなんて。

ソウスケ。助けて。

ソウスケが遠くなっていく。その姿が小さくなっていく。私の様子に気がつかず、喫茶店の奥に消えていく。代わりにサアヤが私のすぐそばに迫り、笑いながら両手を私の首に伸ばすのが見える。肌色が視界いっぱいに広がり、そして真っ暗になる。

私は意識を失った。


深い眠りだった。

闇の中に落下し続け、やがて落ちているのかどうかが分からなくなり、そしてどちらが上でどちらが下かも分からなくなるような感覚だった。そんな世界のどこかで、声がする。言い争いをするような声だ。

ソウスケ……。

私は目を開く。

そこは、何もないがらんとした部屋だった。崩れた壁、さびついた床。電灯は存在せず、落ち葉やビニール袋のようなゴミがあちこちに散乱している。ガラスの張られていない窓から入る風が吹き抜けるたび、ゴミがカラカラと音を立てる。廃屋か何かだろうか。

すぐ目の前でソウスケとサアヤが言い争いをしている。サアヤは私に背を向け、ソウスケは私のほうを向いて。何これ。どういう状況なの。とっさに体を動かそうとするが、強い抵抗を感じる。

嘘。ロープ？

私は縛られた上で、吊り下げられていた。私をグルグル巻きにしているロープが天井のほうに伸び、金属製のパイプを通じて固定されている。まったく身動きができない。

そして、サアヤが手にしているものを見て息を呑む。

ハサミだった。紙を切るような可愛らしいものではない。厚い布や植物の茎ですら切断できるような、巨大な金属製のハサミ。もしかして、あの人形材料店でそんなものを買っていたのか。

「サアヤ、やめろ！　やめてくれ！」

　ソウスケの絶叫が聞こえる。

「だから何度も言ったでしょう。あたしと付き合ってくれればよかったのよ」

「分かったから、ヒヨリを傷つけないでくれ！」

「本当に分かってるわけ？　どうなの？」

　サアヤはハサミをぐいと私に突き付けた。鼻先にまでその刃が迫り、重たい鉄の臭いが通り過ぎていく。あまりの恐怖に私は声も出せない。

「やめろっ！」

「ソウスケ君、あなたって素敵だよ。あたし、ここまで本気で惚れたのって初めてだもん。他の男たちと全然違う。雰囲気も、気配も……なんか凄い才能ってやつ？　感じるんだよね」

　サアヤが何か自分勝手なことをくっちゃべっている。

　何これ？　現実？

　こんなことが本当に起こり得るわけ？

「こんな感覚初めてなの。あたし、ソウスケ君の子供を産みたいんだよ。寝てみたい男ってのは今までにもいっぱいいたけど、こんなに強烈なのは初めて。女としての本能なのかな。本気で言ってるんだよ。ここまであたしに言わせといて、それでもこいつのほうがいいっていうわけ？」

サアヤは怒鳴ると、私の腹をハサミの柄で突いた。

「うっ」

「ヒヨリ！　気がついたのか。待ってろ、今僕が助けてやる！」

ジロリとサアヤが私のほうを見た。

「へえ……意識が戻ったってわけ？　あたしには全然分からなかったよ。本当にあんたら、通じ合ってるんだね」

「サアヤ、こんなことをしたって僕の気持ちは変わらない。君の入る余地なんてないんだ。いい加減諦めてくれ」

サアヤは笑い声を上げる。

「へえ、それは素敵なカップルですねえ。でもさ、あたしには分かるよ。ソウスケ君は童貞でしょ？」

「なに？」

虚を突かれて、ソウスケの顔が赤くなる。恥ずかしさと怒りが混ざったような表情。

「あんたたち、いわゆる肉体関係……ないでしょ？」

サアヤの言葉に私も驚いた。

「それが何の関係があるんだよ！」

確かに私とソウスケの間に、肉体関係はなかった。

キスしたり、一緒にお風呂に入ったり、服を脱いで抱き合ったことまではある。しかしそれ以上の行為には至っていない。お互いに初めて同士なのも、原因だったかもしれない。私はソウスケが求めれば応じるつもりでいたが、ソウスケは積極的に迫りはしなかった。ならば焦ってすることでもないと感じ、私たちはそのままで付き合ってきた。

しかしどうしてサアヤが、それを見抜いたのか。

「ソウスケ君、天才人形作家って言われるような人間が童貞じゃあ……話にならないと思わない？　女の魅力の深い部分まで理解できなけりゃ、良い人形は創れないよ」

「……お前に説教される筋合いはない。それに僕たちの付き合い方は、僕たちの自由だ」

ソウスケは不快感を露わにする。人形について文句をつけられることは、ソウスケのプライドを著しく傷つけるはずだ。

「まあ、あんたたちじゃいつまで付き合ったって、一線を越えられないよ。そんなこと、ソウスケ君だって分かってるでしょ？　その子は絶対エッチできやしない。無理やりしたってダメ。それはソウスケ君だけが興奮して、相手はマグロってなパターンに決まってる。オナニーもいいところ」

「やめてよ！」

確かにサアヤ、あんたみたいな遊び人に比べれば経験は足りないだろうけれど、そこまでバカにされるいわれはない。

「でもあたしは違うわ。あたしは、いろんな恋愛を、いろんなエッチをしてきた。ソウスケ君の要望にはもちろん全部応えられるだろうし、今まで考えたこともないような新しい経験をさせてあげる。きっと、人形制作にも活きるはずだよ。こんな、エッチもさせてあげない〝彼女〟なんかより、あたしのほうが理想のパートナーのはず」

「お前……何を」

サアヤはハサミを私につきつけたまま、ゆっくりと自分の背中に手をやり、ボタンを外し始めた。薄いワンピースは、いくつかのボタンを外されるとサアヤの体にしがみつくことができなくなり、自重でふわりと落ちる。ガーターベルトとレースがついた、いかにも卑猥な印象の下着が露わになる。あんな下着、初めて見た。あんなもの私は一つも持っていない。

「やめろ。服を着ろ」

ソウスケは思わず目をそむける。サアヤは愉快そうに体をくねらせ、ポーズを取ってみせた。

「ソウスケ君。あなたも男でしょ。本当に求めているのは、あたしのはず。あたしが欲しいでしょう」

サアヤは猫のように静かにしなやかに、ブラジャーのホックを外した。つるりと形の良い胸が現れる。ピンク色の乳首も。

「バカを言うな」

ソウスケは、目を細めながらサアヤの体を睨む。不快に感じているのだろうか、それとも眩しく感じているのだろうか。やめて。これ以上ソウスケを誘惑しないで。私のソウスケを。

「僕は、ヒヨリ以外の女を好きになるつもりはない！」

「この中が、気にならないの……」

サアヤはとどめとばかり、パンティを下ろした。そして自ら手を股間に入れ、いじってみせた。匂い立つような女の香りが、部屋に満ちる。やめて。ソウスケ。ソウスケ！

「サアヤ、何度も言わせるな。お前と付き合うつもりはない！」

ソウスケは絶叫した。

サアヤが舌打ちをする。そしてその目が、誘惑する女のものから、殺意を漲らせた肉食獣のものに変わった。

「ここまでしても、嫌だっていうの」

「そうだ。何度も言わせるな」

「ああそう。なら、仕方ないね。これは最後の手段だったけど」

サアヤは私に向き直る。大きなハサミを持ち、私を見据える。蛇に睨まれた蛙のように、私は息もできない。これは、まさか。嫌な予感がする。最悪のことが起きる予感が。

「この子の首をちぎってしまえば、ソウスケ君の気持ちも変わるでしょう」

「……！」

全裸のサアヤがしなやかな動きで迫ってくる。

私の意思も何もかも無視して、胸倉をつかみ上げられた。殺される。間違いない。

サアヤは私を殺すつもりだ。今のサアヤは、私を人間だと思っていない。いいように命を奪い、体を破壊し、弄んでいいものだと認識している。捕食者と、被食者。圧倒的に立場が違う。犯罪者と、被害者。まさか、人形を壊したり、キョウコを殺した犯人は……。

「こんな奴に恋で負けたただなんて、あたし自身が許せないからね」

「サアヤ、よせ！」

ソウスケが走り出す。

しかし間に合わない。

サアヤは躊躇なくハサミを開くと、私の喉元に突き当てた。その顔には笑みすら浮かんでいる。私が身をすくめると、もう片方の手で私の顎を押し上げた。

「こないだソウスケ君に人形会に連れてってもらってよかった。良い話が聞けたからね。人形の〝プロっぽい〟壊し方。聞いたときは、思わずニヤニヤしちゃったよ」

顎と胴体の間にできた空間にハサミを差し込み……。

「こうやって分解するんでしょ」

「やめろ！　やめろ！　やめろっ！」

冷たい金属が、私の外殻に触れた。

あっと思う間もなく、ハサミは頭部のステンレスワイヤーから胴体に延びるゴムにまで達する。

「死ね」

私の体の中でバチンと音が走る。

私の頭部が分断された。

僕は絶叫していた。

「ヒヨリ！　ヒヨリ！　ヒヨリっ！」

崩れ落ちたヒヨリの胴体を抱き、僕は叫び続けた。

ヒヨリが殺された。僕の愛するヒヨリが。悲しい。悔しい。許さない。いろいろな感情が心の中を飛び回り、頭がおかしくなりそうだった。

「これでソウスケ君も本当の女の子と付き合う決心がついたんじゃないの」

サアヤがニヤニヤと笑う。その手には切断したヒヨリの頭部がある。

「人形が彼女だなんて、寂しすぎるでしょ。知ってる？　大学でも君、相当痛い人扱いされてるよ」

そう言うと、サアヤはヒヨリの頭部を、まるで飲み終えた飲料缶か何かのように放り捨てた。陶器特有の甲高い音がして、頭部は床に落ちる。

自分の体が引き裂かれるような気持ちだ。

「でもあたしは大丈夫……ソウスケ君、女の子と付き合う自信がないんだよね？　君はあたしにとっては十分魅力的だから。安心して。そんな人形に逃げなくたって、あたしがいるから」

僕は慌てて、転がった頭部を手に取る。

ヒヨリの顔には頬から目にかけてヒビが入ってしまった。なんてことだ。

この顔を創るのに、どれだけの日数がかかったことか。僕は絶望に包まれながら頭部を抱きしめ、涙を流す。

その僕の脇にサアヤがしゃがみ、僕の頭を撫でながら言った。

「自信持って。あたしが本当の女の子のこと、全部教えてあげる」

こいつ。

勝手なことばかり。

そのとき、僕の全身に何か電気のようなものが走った。

手の先が細かく震えて止められない。歯は強く噛みしめられ、目の斜め上奥に圧迫感。全身を熱い血が流れる感覚が、血管がドクドクと脈打つ感触がよく分かる。

これが殺意か。

考えるより前に体が動いた。

腕が空気を切り裂いて走り、生まれて初めて人を本気で殴る。中指がゴキンと鳴った。突き指のように指の根元が熱くなり、拳がビリビリと震える。人の骨はこんなに硬いんだな。僕に思い切り顎を殴られたサアヤは変な姿勢で転がり、倒れた。

あまり手を痛めるわけにはいかない。

何といっても僕は人形作家なんだ。それも、才能に溢れた。

手先を大切にしなくてはならない。

そうだ、武器を使おう。ちょうどいい、サアヤの手から落ちたハサミがあそこにある。

僕は駆け寄ってハサミを拾うと、右手でガシャンと動かしてみる。これはいい。使いやすそうだ。

そして、顔を押さえて呻いているサアヤに近づく。

血を流しながら、サアヤは僕を見て何か言った。

しかし何を言ったのかよく分からない。どうでもいい。

それ以上話すなよ。不愉快だからな。

僕はハサミを振り上げる。

僕に聞こえるのは、自分の心臓が脈動する音だけだった。僕の心臓は今、猛烈に働いている。僕の殺意を生み出す中心地となり、赤い血潮に怒りを混ぜて全身に送り出している。その凄まじい轟音が聴覚を独占し、鮮やかな赤が視界を埋め尽くし、僕の脳の中も殺意で充満している。

僕はその殺意を抑えようとせず、発散されるままに任せた。

ようやく僕の呼吸が落ち着いたころ、サアヤはピクリとも動かなくなっていた。その首と腹に大きな裂傷。痛々しい黒い傷からは液体が流れ、床に大きな血だまりを作っていた。

ふと右手を見る。

手にしたハサミはもちろん、腕から上半身にかけて、返り血で真っ赤に染まっている。

「……」

急に恐ろしくなり、僕はサアヤの死骸から離れる。

死体。人間の形によく似ているが、それはもう人間とは言えない。何か重要なものが欠けてしまっている。人形よりも人間らしくない、人間だったもの。不気味だ。

同じ人間でないものなら、人形のほうがずっといい。

僕はハサミを床に投げ捨て、ヒヨリに駆け寄る。

首のゴムを切られ、顔にヒビ。そして全身が汚れてしまった。痛々しい姿に、涙が溢れる。だが大丈夫。まだ直せる。僕なら直せるはずだ。

「痛かっただろう。本当にごめん」

僕は声をかけながら、ヒヨリの首を胴体に乗せる。繋がっていないのでグラグラするのは仕方ない。僕は上着を脱ぎ、その袖の部分を首に巻きつけた。とりあえずの応急処置というところ。

ヒヨリの目に光が戻ったような気がした。

「……？」

わずかに僕の存在に反応した……ように、思えた。

しかしその姿は壊れた球体関節人形にすぎない。あの生き生きとしていたヒヨリではなくなってしまった。僕はどうやってあのヒヨリの姿を頭の中で描いていたのだろう？　ついさっきまで当たり前のようにそれができたのに、ヒヨリの首が切断された途端にできなくなってしまった。

――壊れた球体関節人形は、直しても元に戻らない――

そうだ。

――魂が戻らない――

僕が言ったことじゃないか。僕がキョウコに、タクを直しながら言ったことだ。頭の中では理解していたんだ。だけど、自分自身にその現実が突きつけられるとは思ってもみなかった。

「ヒヨリ……ヒヨリ……もう一度声を出してくれ。笑ってくれ」

目の前の人形は虚空を見つめている。

「ああ、ヒヨリ……どうしたらいいんだ」

僕は人を殺してしまった。無我夢中で、サアヤを殺してしまった。頭が混乱している。こんなときこそ、ヒヨリにそばにいてほしいのに。頼むよ。ヒヨリ。もう一度蘇ってくれ。

『ゾウズゲ』

僕は思わず後ずさりする。

ヒヨリが声を発した。しかしそれは濁音混じりの、歯車の壊れた機械がそれに気づかず動き続けようとするような奇妙な音だった。壊れたヒヨリの顔面に恐怖すら感じ、僕は震える。

落ち着け、僕。今のは〝失敗〟しただけ。

僕はバカではない。ヒヨリの声も、行動も、人格も……全ては僕の脳内で創り出されたものだ。僕はそれを知っている。

自らの意思で行動する人形など創れるわけがない。持ち主が感情移入した結果、意思があるように感じられるだけなのだ。人形作家にできるのは、限りなく感情移入しやすい人形を創ること。

僕はそれを突き詰めてきた。人形は、ただリアルであれば感情移入できるというわけではない。

例えば爪や指の造作は正確であればあるほど好ましいが、毛穴や皮膚のシワなどは省略したほうが魅力的だ。完璧に左右対称でバランスが取れているよりは、かすかに歪みを含ませたほうが親近感を覚えやすい。人間が求めている〝人間〟とは、一定の条件を正確に満たす物体ではなく、ある種のイメージである。僕のあらゆる技術を注ぎ込んで、そのイメージをできるだけ再現したのがヒヨリだ。

僕はそこまで、正しく理解している。

あの可愛いヒヨリの人格は、僕が感情移入して創り出したものなんだ。

そう、だからもう一度僕が感情移入すれば、彼女を蘇らせることができるはずなんだ。

落ち着いて……。落ち着いて、ゆっくり……。目の前の人形が生きていると想像するんだ。その心を想像するんだ。ヒヨリは死んでなんかいない。なら、今何を考えてる？

想像しよう。

ヒヨリはきっと怒っているはずだ。僕がサアヤに隙を見せすぎたせいで、こんな場所に誘拐され、傷つけられることになってしまったのだから。そして、この状況を怖がっているはずだ。ムリもない。廃屋に、死体が転がっているだなんて……恐怖以外の何でもない。それから寂しがっているかもしれない。首を切断された瞬間から、僕との会話ができなくなったのだ。暗闇の中、一人ぼっちで震えている……。

『ソウスケ……?』

怯えた感じのヒヨリの声が僕の頭の中で響く。よし。今度はうまくいった。

僕は今のイメージを保ちながら、話しかける。

「ヒヨリ」

『ソウスケ? ソウスケなの? 一体……どうなったの? 私、私……』

「ごめん。僕のせいで……」

『私……死んじゃったの……?』

ふふふ。僕は笑う。

「大丈夫。ケガはしたけれど、命に別状はない。応急手当だけはしたよ」

『そ、そうなの? ソウスケが応急手当してくれたの?』

「うん」

『ソウスケって、そんなこともできるんだ……』

ヒヨリが僕のことを見上げる。

そこで僕は顔をしかめる。痛々しく傷ついた人形の顔は、僕のイメージをぶち壊すのに十分だった。

『ソウスケ？　どうしてそんな顔するの？　私の顔……どうかなってる？』

「いやいや、大丈夫」

僕は取り繕う。ダメだ。今はヒヨリの顔を見ないようにしなくては。そして家に帰ったら、一刻も早く顔を直そう。

『そう……』

不安そうなヒヨリの声。

僕は背後を見る。そこにはサアヤの死体が依然として転がっていた。次第に赤が混じり始めた陽の光に当てられて、その血が匂い立つようだ。

『え……サアヤ……？　え……？』

ヒヨリに気づかれてしまった。

仕方ない。言うしかない。

「僕が殺してしまったんだ」

『うそ……』

「ムリに迫られて、それにヒヨリを傷つけられたから、我慢できなくなって……」

『そう、だったんだ……』

　意外だった。ヒヨリは大声をあげて怯えるかと思ったが、そこまで動揺していないように見えた。むしろ女性のほうがこういった修羅場には強いものなのだろうか。それとも、僕の中にそういうイメージがあるから、ヒヨリの人格にも反映されているだけなのだろうか。

『殺しちゃったんだ』

「……ああ」

　間違いない。

『ソウスケ。警察、行くの？』

「警察は嫌だ」

　僕の声が震える。

『……こんなことで捕まりたくない』

　そうだ。どうして僕が捕まらなきゃならないんだ。そもそも悪いのはサアヤじゃないか。僕に殺す気なんか最初からなかった。

　何より、僕はヒヨリを一度殺されたんだぞ。人形を殺してもせいぜい器物損壊罪だろうけれど、同じ仕返しをした僕は殺人罪になるなんて不公平じゃないか。

『……うん。そうだよね……私だって、ソウスケが捕まるのは嫌』

ヒヨリは僕に自首の意思がないことを確認すると、考えこみ始めた。

『何とか誤魔化す方法はないかしら』

「ヒヨリ……」

ヒヨリは僕の味方だ。頼りになる。

『ねえソウスケ。そういえば……『タク』を壊したり、キョウコちゃんを殺した犯人って、まだ分かってないよね？』

「え？　うん」

『私……さっきまで、サアヤがその犯人じゃないかと思ってたんだけど……それはないよね』

「ないだろうな。そもそもサアヤはキョウコの存在なんか知らないはずだ」

『そうだよね』

それだけじゃない。

サアヤは人形の頭部を外す方法を知っていたのだ。ワイヤーのゴムを切断するという方法を。サアヤがそれを知ったのは人形会に出席したときだ。つまり、タクや笹乃が壊されたあとということになる。

『タクや笹乃を壊した犯人は別の人間……なら』

「ん？」

『ソウスケ。サアヤを殺したのも、その犯人ってことにしてしまおうよ』

人形の目がギラリと光ったように思えた。

「……どういうことだよ」

『ソウスケ、例の犯人は、人間と人形の区別がついてないって言ってたよね。キョウコちゃんも人間と人形が交ざって殺されてた』

「ああ」

『だから、サアヤもそういう感じで殺されたように偽装するのよ』

恐ろしい。ヒヨリがこんなことを言うだなんて。いや、恐ろしいのは僕か。自分の発想をヒヨリに語らせて、恐ろしいだとか言っている僕が一番恐ろしいのだ。

「……でも、どうやって」

『そうね。でも、凶器はあのハサミでしょ。私詳しく知らないけれど、あれって人形を創ったりとか、そういう用途に使うものなんだよね。なら凶器はあのままでよし。犯人のイメージにぴったりだもの。指紋だけ拭いておきましょう』

「分かった」

僕はハンカチを取り出して、ハサミに残った指紋を念入りに拭う。

『それから、サアヤの死体はもう少し分解しておいたほうがいいんじゃないかな。それも、人形を分解するみたいな感じで。そういうのはソウスケが詳しいよね？　分からないけど、ワイヤーとゴム紐で繋がっているのが人形なら、骨と筋肉で繋がっているのが人間でしょう。球体関節人形の関節部分と同じところで、筋肉をブッツリ切って、骨を外しておけばいいよ』

スラスラと話しながら、ヒヨリはうっすらと笑っているように見える。

おかしい。僕が想像したいヒヨリはこんな子じゃないはずなのに。

僕がおかしくなってきているのか。

『最後にサアヤの死体を、人形と交ぜておきたいね。キョウコちゃんは首と両手が人形と入れ替わってたんだっけ。そんな感じに』

「人形と交ぜる？　だけど、ここにはその偽装に使えるものなんてないよ」

『何言ってるのソウスケ』

ヒヨリが言う。後半はどこか野太い男の声のようだった。

『あるじゃない、ここに』

「……えっ？」

『あるじゃない、ここに』

僕は戸惑う。

「いや、ヒヨリ、君を使うわけにはいかないよ」

『……？』

今度はヒヨリが戸惑ったように見えた。

『え……私……人形なの……？』

しまった。想像がおかしな方向に。

「違う違う違う、そうじゃない。今のはその、間違った。言い間違えたんだよ」

『そう、言い間違いなのね。そうなのね』

「うん、うん。言い間違い」

『ソウスケ、偽装に使えるものだったらそこにたくさんあるじゃない。ほら、買ってきた人形の材料よ。さすがに右手とか首とかはなくっても、人形特有の素材とかたくさんあるでしょう』

「ああ、なるほど」

そういうことか。

『服を一部だけ人形サイズにしておくとか、アクセサリーを人形にくっつけるみたいに接着しておくとかでいいんじゃないかな』

「でも、この材料から足がつくことはないのかな。警察がこれを買った店に行って、そこから僕が犯人だとバレるとか……」

『だから、さりげない程度にしておくのよ。買った全部の材料を使ったらそりゃまずいけれど、一部の材料、それもたくさん売られているようなものを使えば絞り込まれる可能性は少なくなる。その辺は工夫すればいい』

「なるほど」

『万が一バレて、警察に追及されたら……『盗まれた』とかで誤魔化すしかないかなあ』

「そ、そうか。まあ、やってみる」

　人形と人間を混同した末の殺人。

それは僕にもある程度イメージできるものだ。

犯人の気持ちになって、偽装することは十分可能な気がした。

『急いで。日が沈みかけてる。夜になったら、作業は難しいよ』

「……分かった」

　僕はヒヨリに急かされて、そのえげつない偽装に取りかかった。

全ての偽装が終わるまでには何時間かを必要とした。


　家に帰り、ベッドに横になっても、僕の心は落ち着かなかった。

殺したのだ。僕は、サアヤを殺したのだ。

殴り、刺し、えぐった。

あの感触がまだ手に残っている。終わってしまえばどうということもない。ハムの塊を殴ったり、切り分けたりするのとさほど変わらない作業だ。

逆に、それに気がついてしまったことが嫌だった。『ハムの塊と変わらない』という気持ちになってしまった時点で、僕の心のどこかが大きく変質してしまった気がするのだ。

いっそのこと、サアヤも人形であったらよかったのに。そうしたら壊したって誰にも文句を言われはしない。どうしてあいつは人形じゃないんだよ。僕はそんなわけの分からないことを自問自答する。

『ソウスケ……ショックなの？』

枕元のヒヨリが心配そうに言う。僕は一瞬だけほっとするが、こちらを向いているひび割れた顔を見てため息をつく。

「そりゃショックだよ」

僕は犯罪者になってしまったのだ。今朝起きたときには、夜に罪人になっているだなんて想像もしていなかった。今でもまだ、全てが夢だったんじゃないかという気持ちでいる。

どうしてこんなことになったんだ。僕は頭をかきむしる。

「殺すつもりなんてなかったのに」

僕はあくまで、ヒヨリを守りたかっただけだ。ヒヨリを傷つけられなければ、人を殺すこともなかった。サアヤはうっとうしかったけれど、殺意を抱くほどではなかった。

『ソウスケ。私、冷静になって考えてみたんだけど……』

「何?」

『今回の件って、正当防衛にならないのかな』

「正当防衛だって?」

『うん。だって先に私を傷つけたのはサアヤじゃない。ソウスケはそんな私を守ろうとして、サアヤを殺してしまったわけでしょう。よく考えてみれば、これって正当防衛なんじゃないかなって……』

僕はため息をつく。

『……ダメかな?』

「ダメだよ。もう偽装はしてしまったんだ。あんなに残酷な偽装を……それに」

『でも、今からでも自首すれば……』

「いや、ダメなものはダメさ」

ヒヨリは重要なことが分かっていない。ヒヨリは人間じゃない、人形なんだ。人間以外の存在に対する正当防衛なんてあるものか。サアヤの器物損壊にはなるかもしれないが、それでも僕のしたことは許されはしない。

そんなことも分からずに理屈をこねるヒヨリに、何だかイライラした。

『……そうか……ごめんね』

「え？」

『私のために、ソウスケに罪を負わせちゃったことになるなって思って……』

「……いや……」

『？』

「ヒヨリのためだったら、僕は別に大丈夫だから……」

『ありがとう、ソウスケ』

「うん……」

苦しい。

ヒヨリを愛することが苦しくなってきている。

今の言葉だって、自分を奮い立たせてやっと出せた一言だ。

サアヤを殺した瞬間までは、確かにヒヨリが大好きだったんだ。それこそヒヨリのためだったら、命だって迷うことなく投げ出せただろう。僕の一生に一人の女性だと信じて疑っていなかった。ヒヨリほどの球体関節人形はもう二度と創れない。そんな確信があったから。

だけど、この状況はなんだよ。

ヒヨリ、お前だけ自分勝手なことを言いやがって。

そりゃいいよな。お前は捕まることはない。人形である時点で、容疑者からは外れることができる。呆れかえるほど簡単に。

僕はそうはいかないんだ。僕はお前と違って永遠の命があるわけでもないし、壊れてもそうは簡単に戻せない。社会の恩恵を受けて生きていくために社会的地位だって維持しなくてはならない。ただの人形であるヒヨリとは……立場が違うんだ。

お前は何も知らないくせに。

僕はヒヨリを睨みつける。

『ソウスケ……どうしたの？　怖い顔』

僕は頭を振り、ヒヨリの声を追い払う。

「何でもないよ。もう黙っていてくれ！」

『ごめんなさい……』

ヒヨリを黙らせるのは僕なんだ。僕の想像上の声でしかないのだから。それは分かっている。でも、ダメだ。

ヒヨリを創ってからもうどれくらいになる？　彼女に見とれるようになり、話しかけるようになり、返事を頭の中で想像するようになってから何日過ぎた？　大学に入ったのと同じくらいの時期のはずだから、一年はゆうに過ぎている。一年間も繰り返し続けてきた習性は、なかなかやめられるもんじゃない。とっくに日常の一部になってしまっている。

まずいぞ。

頭がおかしくなりそうだ。

想像で創り上げた人間の存在を、邪魔に感じ始めているだなんて。わけが分からない。どうしたらいいいんだ。

今はこんなことでパニックになっている場合じゃないぞ。冷静に行動しなくては、殺人犯として逮捕されるかもしれないいんだ。しっかりするんだ。

脂汗が流れる。

この野郎。

何もかもお前のせいだ。

僕は布団を掴み上げると、ヒヨリの上に叩きつける。上から毛布を、タオルケットを乗せる。ヒヨリの姿は完全に見えなくなった。

これでよし。

僕はテレビのスイッチを入れる。ちょうどニュースの時間だ。アナウンサーの声が流れ出す。

『甲野田台の廃屋で発見された遺体については、連続殺人の可能性も……』

サアヤの死体が発見されたか。廃屋とは言え、さほど市街地から離れてはいない場所だ。不良なんかが入りこんで通報したのだろう。永遠に見つからなければいいとも考えていたが、発見されてしまった……。

『しい』

偽装は完璧に行ったはずだ。そして痕跡は残さないように注意した。うまく警察が引っかかってくれればいいのだが。

『しい』

それとも、警察もそんなにバカではないのだろうか。分からない。怖い。明日警察が僕の家に来たらどうしよう。どう弁明すればいい？　こんな状況、初めてで、心の準備ができない。人形創りだって、展覧会に出す本番の人形を創る前に何回かの練習ができる。練習もなしにこんな危ない橋を渡るだなんて、最悪だ。

『……しい』

僕は背後を振りかえる。

布団が山積みにされた場所から、「苦しい」という声が聞こえたような気がした。

ヒヨリか。もう勘弁してくれ。

僕は耳を押さえる。

『くるしい……』

ヒヨリの声は依然として聞こえ、アナウンサーの声は消えた。

耳を押さえたってダメなんだ。ヒヨリの声は僕の脳の中で響いているのだから。くそ。どうしたらいい。

僕は汗が流れるに任せながら、テレビ画面だけを見つめ続ける。

画面には死体の状況を説明する簡単な図と、テロップが映し出された。

『遺体はサイズの小さな服を無理やりに着せられており、両腕を切断、ただしあとからもう一度ワイヤーで接続されていました』

一度切断した両手をもう一度くっつける。それも死んだあとにだ。なんて残酷な犯行だろう。信じられない。

僕がやったのだ。紛れもなく、僕が。

狂ってる。

『ソウスケ、苦しいよ。助けて』

僕は狂ってる。

もう嫌だ。何もかも嫌だ。

『苦しいよう』

助けてくれ……。

部屋で一人呆然としたままで、どれくらいの時間が過ぎただろう。

突然、携帯電話が音を立てた。

「ソウスケか？」

電話を取ってすぐ、聞こえてきたぶっきらぼうな声。

「コウタロウ……？」

「ああ。元気ないな」

「いや、別に。大丈夫だよ」

「そうか。今、電話いいか？」

「いいけど……。よく番号分かったね」

「人形会の名簿で調べた」

コウタロウから電話がかかってきたのは、これが初めてだ。連絡先をアドレス帳に登録すらしていない。僕にとってコウタロウは今までも、そしておそらくはこれからも自分から連絡を取る必要のない人物だった。

「で、何？」

僕は不快感をあえてはっきりと表して言う。

正直に言って僕はコウタロウが嫌いだった。

こいつは馴れ馴れしく、下品で、何かと僕につっかかってくる。さらに人形創りを仕事にしているくせに、人形だけに入れ込んでいるわけではない。アルバイトを掛け持ちしつつ、球体関節人形以外のフィギュアだとか模型だとかにまで手を伸ばして、無節操に金を稼いでいる。

そういうスタンスはどうしても好きになれなかった。

「まあまあ、そう喧嘩腰になるなよ。こないだは悪かったたって」

粗雑なくせに僕よりもずっと社交的で、初対面の人間と打ち解けるのもうまい。そういうところが不愉快なんだ。何よりコウタロウには、人間の彼女がいる。人形ではなく、人間の……。

不愉快だ。

別に僕は、自分の彼女が人形であることに引け目を感じているわけではない。ただ、コウタロウはきっと僕の彼女を一段下に見ている。そういう気配が伝わってくる。ただ人形だというだけで、短絡的に僕をバカにしているに決まってるのだ。

「……こないだのことは僕も気にしてない」

「うん。そこは仲直りって形にしようぜ。今日はさー、その、ちょっと相談したいことがあってな」

「だから何だよ?」

僕が繰り返し問うと、コウタロウはサラリと言ってのけた。

「お前さ、人殺したり、してねーよな?」

目の前がクラクラした。

喉の奥がずっしりと重くなり、じんわりと汗がにじみ出る。携帯電話を持ったまま立ち尽くす自分を、斜め上から見下ろすような感覚に陥る。

「……何言ってんだよ」

小さな声でそう答えるのが精いっぱいだった。

どうしてコウタロウが僕にこんなことを言う? 何か知っているのか? 僕がサアヤと歩いているところを目撃したとか? それとも現場に隠れていたとか? もしそうだったらどうする?

僕はおしまいだ、僕は、僕は……。

足に力が入らなくなり、僕はベッドに座り込む。脇には布団に包まれた格好でヒヨリがいる。僕は布団の中に手を入れ、ヒヨリの冷たい、硬質的な手を握りしめた。

「まあ、そうだよなあ。悪かったな、冗談だよ」

しかしコウタロウの口調にさほど張り詰めた気配はなかった。

疑われているというわけではないのかもしれない。僕は少し安心する。

「何だよそれ。冗談でもそういうことを言うのはよせよ」

「だから悪かったって言ってんだろ」

「……」

ここであまり食い下がると、余計な疑いを招くかもしれない。僕は言い淀む。

「でも、お前も気がついてんだろ？」

「何にだよ」

「ほら。殺人事件だよ。テレビ見てないの？　腕を一度切断されて、その後くっつけられた状態の死体が見つかったってさ」

「……それは見た」

「何だ見たのか。なら殺されたのがサアヤちゃんだってことも知ってるだろうな。ああ、だから最初元気なかったのか」

「……ああ。それで？」

「まだるっこしいな。お前ならあのニュースを見たときに感じただろ？　あれが、人形と人間をごっちゃにした殺人だってことをよ」

「……ああ」

「やっぱりな。それを確認したかったんだよ。俺だけがそう感じたんじゃなくてよかった。腕を切断してわざわざもう一度くっつけたのは、服を着せるためだろ。サイズがギリギリの服を人形にどうしても着せたいなら、腕を取り外すのが最後の手段だ。人形なら、もう一度つなげれば済むからな。犯人の問題は、それを人間にやっちまったとこだ」

「そうだね」

コウタロウは僕の意図どおり、偽装を理解している。

「何なんだろうなこの犯人？　わざとそうやってみせてるのか？　まさか本当に人間と人形の区別がつかないなんてことはあり得ないよな？」

「……僕に聞かれても」

「なんだよ、非協力的だな。俺は人形作家として超一流の、ソウスケさんの意見が聞きたくて電話してるんだぜ」

コウタロウは〝超一流〟を強調して言う。イヤミな奴だ。

僕はできるだけ客観的にと心がけながら、自分の意見を言う。

「少なくとも犯行中は、人間と人形の区別がついていないんだろうね」

「やっぱりそうか」

「でも、普段その区別ができないようじゃ、社会で生きていけないよ。だから犯人は……人形と人間を区別しないときと、ちゃんと区別するときと、使い分けているんだと思う。そういう意味では頭が良いと言うか……社会に適応する程度の常識は持ち合わせつつ、狂気的な部分も隠し持ってる」

僕なりの意見だったが、自分で言っていてゾッとする。

まるで僕自身のことではないか。

「俺とだいたい同じ意見だな。その感じ、俺にもイメージがつく」

「僕たち人形作家には、そういう考え方を持っている人間もいるだろうね」

「ああ。特に人形会のメンバーには多そうだ。……なあ、ソウスケ。さらに不謹慎発言、してもいいか？」

「何だよ？　今さら不謹慎も何も……」

「人形会の中に、犯人がいるって考えたことあるか？」

ドキリとする。

「キョウコちゃんが殺されたのも変だった。お前も警察にいろいろ聞かれて知ってんだろ？　ありゃどう考えても通り魔だとか、強盗の仕業じゃないぜ。人形と交ぜるだなんて、まともな人間の発想じゃない。キョウコちゃん、それからサアヤちゃん。人形会に関係する人物ばかりが狙われてる。これで人形会メンバーを疑わなかったらアホだ。いや、事実警察は疑ってるから、俺たちにいろいろ聞きにくるわけだろ。このサアヤちゃんの件でも、絶対に聞き込みくるぜ。賭けてもいい」

「……確かにな」

同意するしかない。

「それに、ちょっと前にメンバーの人形が壊される事件あったろ？　お前の創ったタクと、俺の笹乃が壊されてる。あの犯人、殺人事件の犯人と同一人物なんじゃないか。関係してないなんて、ありえねーだろ」

「そうだね」

僕が推理してヒヨリに話したのと同じことだ。人形壊しにしろ、人間壊しにしろ、犯人は人形会の中にいる。だいたい僕だって、最初に人形が壊されたときはコウタロウが犯人だと思ったのだ。

「俺だって、メンバーの中に殺人犯がいるだなんて考えたくないんだけどよ。とりあえず、俺じゃないことは間違いない。隠してるわけじゃないぞ。こんなことで嘘言ったってしょうがねえからな。でもな、じゃあ誰なのかと思ってさ……」

「僕を疑ってるのか？」

「いや違う。お前が一番相談しやすかっただけだ」

何だよそれ。

コウタロウは僕とよく衝突するくせに、たまに変なところで友好的になる。わけの分からん奴だ。

「僕は人殺しなんてしない」

「そうだろうな。お前は変な奴だけど、さすがに人を殺すだなんて信じられない」

「ありがとう」

「でもそれを言うなら、メンバー全員そうなんだよ。お前とユカリはごく普通の学生って感じだし、チヒロさんは物静かで上品な人だ。その中の誰かがキョウコちゃんの首を人形とすげかえて、サアヤちゃんの両腕を切断しているだなんて……俺には想像もできねえ」

「確かに」

また、背筋がゾクゾクと冷たくなってくる。

確かにみんな温和な人だ。コウタロウの言うように、残虐な方法で人を殺すなどイメージできない。

だけど、僕はやったのだ。

実際にサアヤをこの手で。

僕が実行できるのだから、ユカリやチヒロさんにも……できないことはない。いや、コウタロウだってそうじゃないか。

急に恐ろしくなってきた。サアヤを殺したことに対する恐怖だけじゃない。キョウコを殺したのは、タクや笹乃を壊したのは誰なんだ？　すぐそばに犯人がいる。今までに何度も一緒にお茶をしておしゃべりをした中に、そいつがいる。

危険な殺人犯は僕からずっと遠いところに存在していると考えていたが、ひどく身近にいるのかもしれない。僕が殺人犯であるように。

「まあ、それでもな。お前はタクを壊されてる。まだ自分の人形を壊されていないのはユカリとチヒロさんだ。若干、あの二人のほうが疑わしいと思うんだ」

「まあ……絞り込むとしたら、そういう形しかないね」

コウタロウの疑念が僕に向けられていないことに少しほっとしながら、話を合わせる。

「で、そこで相談だ」

「何だよ」

結局何が言いたいんだ。

「犯人を罠にかけないか？」

コウタロウは冷静な声で僕に提案した。

電話を切って机の上に置きながら、僕はヒヨリの顔をじっと見つめる。

『さっきの電話……何？』

「ん？　いや、何でもないよ。それより、傷をもっとよく見せて」

ヒヨリは恥ずかしそうにしながら、時々ただのひび割れた陶器の姿に戻りながら、僕にされるがままになっている。

僕はため息をつく。

『そんなに私の傷、深いの……？』

心配そうな声。

「大丈夫だよ。僕が直してあげるから」

そうは言ってみるものの、はっきり言って途方に暮れてしまうような傷だった。

切断された首はまだいい。ワイヤーとゴムをつなげ直すだけですむ。問題はヒビだ。特に顔面、額から右ほおにかけて縦に走る割れ目を修復するのはかなり難しい。

僕は対応策を頭の中で列挙する。

髪の位置で誤魔化すとか、そんなレベルじゃない。

粘土で隙間を埋め、再度乾燥させたあとに塗装をやり直すしかない。

が……。

顔だけそういう措置を取ると、全身との色のバランスが壊れる可能性がある。全身を塗り直すくらいの気持ちでやらなければならない。それは創り直しに近い作業だ。

できるだろうか？

さらに粘土で隙間を埋めると言っても、周辺との一体感を損なうわけにはいかない。粘土で一箇所だけ修正するのがとても難しいことはよく知っている。均一性を保つため、顔全体に粘土を塗る必要が出てくるかもしれない。そうしたら、顔がわずかに大きくなってしまい、結果として体もわずかに大きくせざるを得ず、となれば重心の位置が変わり、さらに目のサイズなどあらゆるところに影響が……。

目まいがしそうだ。

人間は楽だ。勝手に成長し、それに応じて手も足もバランスの取れた形に大きくなっていくのだから。人形はまったく異なる。ある人形を一回り大きくするとしたら、別の人形を一から創り直したほうが早い。

ヒヨリを直すことが、僕にできるのだろうか？

直したものはヒヨリでもなんでもない、別の人形になってしまうかもしれない。なら、いっそ創り直すか？　創り直した場合はどうなる？　ヒヨリが二体になってしまうじゃないか。今日まではそっちがヒヨリだったが、今日からこっちが新しいヒヨリだと、僕は自分で納得できるだろうか？

どうしたらいいんだよ。

頭が混乱する。まったく。

『ソウスケ……ソウスケがそんなに悩む必要はないよ』

「ヒヨリ」

どういう意味だよ。

『大丈夫。あとはお医者さんがやってくれるから』

「は？」

『ソウスケは救急車を呼ぶだけでいいんだよ』

「……」

こいつは何も分かっていない。

人形の修理を医者がしてくれるものか。

「……いや、僕がやる。僕以上にヒヨリの治療ができる奴なんて、いないから」

『そうなの？　どうして……？』

「いいから。ヒヨリは黙って僕の言うことを聞いていればいいんだよ」

『まさか私……人形なの……？』

またこの話かよ。いい加減にしてほしい。

どうなってるんだ。

どうしてヒヨリは僕の言うことを聞かない。

君の口から人形だなんて聞いたら、本当に君を人形としてしか見れなくなってしまうじゃないか。それだけはやめてほしいのに。

「何言ってるんだよ。そんなわけないだろう」

『ねえソウスケ。本当のことを言ってよ』

しつこいぞ。

僕は集中したいんだ。今、考えてるんだ。

よく見れば傷は粘土層を割り、芯材にまで達している。表面だけの傷ではない。こうなると直せたとしても強度に不安が残るな。良く乾燥させたとしても、あとから付け加えた粘土の部分は壊れやすくなるものだ。

『ソウスケ……私、顔が割れてるんだよね……こんなに重傷だったら人間は死ぬよね？どうして私は生きてるの？』

うるさいな。話しかけるなよ。邪魔するなってば。

『それとも私は……生きてないの？』

どうなってるんだよこれ。

僕が想像したくもない言葉が、ヒヨリから次々に飛び出してくる。

黙るように求めても、従ってくれない。

想像の中で創り出したヒヨリという人格が、いつの間にか僕の制御を超えた存在になってしまった。好き勝手に声を発し、僕の思考を阻害する。これは僕が二重人格者という話になるのだろうか？　僕自身はその異常性を感じているのに、直すことができない。

僕は……。

おかしくなってしまったのか？

それとも、ずっと前からおかしくなっていたのか？

『生きてないなら、ソウスケに直してもらったら、生き返るの……？』

うるさいよもう。しゃべるな。

こっちは今それどころじゃないんだ。

サアヤのことだとか、殺人事件だとか、考えなくてはならないことがいっぱいあるんだぞ。いい加減にしてくれ。

僕はヒヨリの目を見つめる。

お前は人形じゃないか。

僕が創った人形なんだ。

僕がお前に姿を与え、性格を与え、声を与え、人格を与えた。そうしなければお前はただの置物で、商品で、物体にすぎない。

お前は僕のワンランク下の存在なんだ。そんなお前が、僕の許可なく勝手に話すだなんて、間違っている。

『ソウスケ……ねえ、どうして返事してくれないの？　私は彼女だよね？　私たち、愛し合っていたよね？　聞いてる？　私、目がよく見えないの。どこにいるのソウスケ。私に触れてよ。私に触れて、何か言ってよ……。もしかして、私はもう耳も聞こえなくなっているの？　怖いよ。怖いよ、ソウスケ』

生意気な口を利くんじゃない。

同情を引こうとしたってムダだ。

僕は目の前で勝手なことを言う物体に、心底嫌悪感を覚えた。

いっそ消してしまいたい。

このヒヨリを消して、リセットするのが一番いいんじゃないだろうか。

そう、壊すのだ。そして新しいヒヨリを創る。前のヒヨリはなかったことにして、もう一度ヒヨリとの出会いからやり直す……。

結局、それが一番いいのかもしれない。

「……こうなったら、コウタロウの話もありだな」

『え？　何？　ソウスケ、コウタロウの話ってそれ……何のこと』

「何でもないよ。つい独り言が出ただけだ。いちいちうるさいんだよ。黙ってろ！」

『ソウスケ……どうして？　ひどい』

シクシクと声を殺して泣くような声が、僕の頭の中で響き始めた。我ながら気味が悪い。

コウタロウの提案を最初に聞いたときはさすがに躊躇し、一度は断った。それは僕の、ヒヨリへの最後の愛情だったのかもしれない。だけどダメだ。こんな有様じゃ、愛情が潰えるのもそう遠い未来じゃない。

今なら決断できる。

コウタロウの策に乗ろう。

犯人を罠にかけてやろうじゃないか。

……ヒヨリの命と引き換えに。


本当に久しぶりのことだったが、その日僕はヒヨリを置いて家を出た。

完成して以来、ほとんどの時間を僕と一緒に過ごしたヒヨリ。

サイズの小さめな人形であったことも幸いして、僕はあらゆる場所に彼女を連れていった。電車の中はもちろん、映画館にも、喫茶店にも。

二人分注文し、きちんと代金も二人分払うのだから、怪訝な顔をされはしても、文句を言われることはほとんどなかった。向けられる好奇の目は、ヒヨリが可愛いから注目を浴びていると脳内で解釈して納得する。

僕とヒヨリはいつも一緒だった。

ヒヨリと手をつなぎ、その体を抱えているとき、僕の中でヒヨリは生き生きとしていた。僕とのデートに胸をドキドキさせ、映画を観て感動したり、ご飯を食べて喜んだりしていた。自分なりにいろいろ考えて僕に意見を言うときもあれば、僕が嫌がるであろうことは胸にしまい込んだりもする。いつしか僕は、自分自身だけでなくヒヨリの人格を通しても世界を見るようになっていたのだ。

だからこうして一人で外出すると、凄く空虚な感じだ。寂しい。何かが足りない。いつもよりだいぶ軽い鞄に違和感がある、というのもあるが。

でも仕方ない。今日の話し合いにヒヨリを連れてくるわけにはいかなかったからだ。

約束のファミレスに入ると、コウタロウはすでに来ていた。

「待たせたね」

「いや、さっき来たばかりだ」

コウタロウはメガネの位置を直しながら、タバコを灰皿に押しつける。そして僕を見てニヤニヤと笑った。

「まさか、本当にやる気になってくれるとは思ってなかったぜ」

「ちょっと理由があってね。あのヒヨリは、処分することにしたんだ」

「あんなに大事にしてたのにか？」

コウタロウは意外そうに言う。

「壊れたんだよ」

僕は事実のみ簡潔に説明する。

「うっかりしていて、顔の部分にヒビが入ってしまった。それが思ったより深い傷でさ。もう直しようがないから、新しく創り直そうと思ってるんだ」

「あーなるほどな。そりゃタイミングが良いことで。まあ座れよ」

僕は椅子を引いて腰を下ろす。無意識のうちにヒヨリ用の椅子を目で探している自分に気がつき、ふうと息を吐く。

「注文は?」

「アイスコーヒー」

ヒヨリの分はいらないんだぞ。分かってるな、僕。よし。

今度は無意識のうちにヒヨリの注文を確認することはなかった。

コウタロウが言う。

「じゃ、とにかく大筋はオッケーってことだよな。電話で言ったとおりだが、もう一度確認しておくぞ。お前はヒヨリ、俺は琴乃。二体の人形を餌にして猟奇犯罪者をおびき出し、正体を突き止める」

琴乃は、笹乃に続くコウタロウの傑作だった。

笹乃は人形工房『冷たい体』での展示を許可したが、琴乃はコウタロウが家に大切に保存している。それを考えると、コウタロウのお気に入りはむしろ琴乃のほうなのかもしれない。

「コウタロウこそよく琴乃を使う気になったね」

「仕方ないだろ。これくらいしないと犯人は引っかからないと思ったからな」

「だけどそこまでするなんてちょっと意外だったな。警察に任せておいたっていいのにさ……」

　コウタロウは眉間にしわを寄せる。

「何言ってんだよ。俺は人形会メンバーに殺人犯がいるだなんて考えながら毎日を過ごすほうがよっぽど嫌だね。警察を当てにしてないわけじゃねーけど、できるだけ早く犯人は捕まってほしいと思うのが普通だろ」

「まあ、そうだね」

「それに人形会に犯人がいるって決まったわけじゃない。確かめてみて間違いだったら、それでいいわけだ。俺の気持ちはそんなとこだな」

「なるほど」

　コウタロウは頭をガリガリとかくと、僕に向き直った。

「……じゃ、そろそろ本題だ。実際の作戦をどうするか考えようと思う。その前に俺のプロファイリングを聞いてくれるか？」

「プロファイリング？」

「犯人の分析だよ。いいか、まず犯人は人形について専門的な知識を有する人物」

　僕はうなずいてみせる。

　いつもダラダラと文句ばかり口にしているコウタロウの、真剣なまなざしに少し驚く。

「壊したものはタク、笹乃。球体関節人形に限られてる。全部、美形の人形だ。殺した人間はキョウコちゃん、サアヤちゃん。タイプは違うけど、二人とも綺麗な子だよな」

「ああ」

僕は話を合わせておく。

「犯人は、『人形をより美しくしたい』んじゃないかと思うんだよ。病的なまでに」

「どういうことだ？」

意味がよく分からない。

「つまりだな。犯人はタクの両腕と首を、キョウコちゃんのものとすげかえた。俺には何となく分かるんだ。タクはよくできた人形だったけど、顔が少し女性的すぎる。逆にキョウコちゃんは目元が凛々しい感じで、その部分だけとれば美少年とも言える。組み合わせを変えたら、映える。犯人はタクとキョウコちゃんをより美しくするために、パーツを入れ替えたんだよ」

「バカ言うなよ。人形のパーツを入れ替えて美しくなるわけないじゃないか。バランスがメチャクチャになる。だいたい、タクはあのままで完璧に完成していたんだ。もう少し男性的にすれば品がなくなるし、もう少し女性的にすれば妙にいやらしい。そのギリギリを僕が見極めて、創ったんだ。それを入れ替えてより良くしようだなんて、素人の発想だろ？」

　思わず語気が荒くなる。コウタロウは自嘲気味な笑いを浮かべて聞いていたが、諦めたように答えた。

「それはソウスケ、お前が天才だから言えることだわ」

「何？」

「お前の技術は実際、すげえよ。お前は考えたイメージを正確に具現化できるんだろうな。俺たちはな、お前とは違うんだよ。一生懸命創るんだが、それでも満足のいかない部分が出てきてしまう。この人形は指が気に入らないとか、この人形は眉はうまくいったのに口元が気に入らないとかな。うまくいかなかった部分が多いと、うまくいった部分だけを寄せ集めてでも、良い人形を創りたくなるもんなんだ」

「……」

「俺はしょっちゅう考えてるぜ。展示されていた笹乃もそうだ。あいつは実際は琴乃の首と、笹乃の体でできてるんだよ。俺がすげかえたんだ。ちょっと髪の感じが気に食わないんだけど、顔はそっちのほうがバランスがとれていいような気がしてな。……だから笹乃が頭部を切断されてたとき、一瞬思ったわ。元の体に戻りたかったのかなあってよ」

「そう……なのか」

僕には理解できなかった。

完成した人形は必ずバランスの取れた形になる。もちろん、創っていて失敗したと思う部分もあるのだが、他の人形とパーツを入れ替えたほうがいいほどの失敗は絶対にない。むしろ自分では大して意識せずに創っていた部分が、改めて全体として眺めた際、素晴らしくバランスの取れた形になっていたりする。

まるで人形が自ら、完成していくようにすら思える。そこには人知を超えた力が働くのだ。それをむざむざ分解してしまうなんて、もったいない。いや、あり得ない行為だ。

他の人形作家もそうなのだと信じて疑っていなかった。

「ま、天才様に俺たち凡人の気持ちが分かるとは期待してねーけどな……」

コウタロウはコーヒーをズッとすする。

「とにかく犯人はよ、人形を美しくしようとしてると思うんだ。キョウコちゃんとタクのパーツを組み替えたり、笹乃の頭部を修正しようとしたり、サアヤちゃんに別の服を着せようとしたり……。全部、美しくするために改造を施しているという解釈で、筋が通るだろ。ただ、人形と人間の区別なくそれをしようとしているのが問題ってわけでな」

「確かに、そうも考えられるかな」

僕はとりあえず同意しておく。

「んで、俺が犯人の可能性があると思ってるのは、チヒロさんだ」

コウタロウは突然核心を突く。

「……なぜ？」

「だってそうだろ。俺たちを除けば、容疑者はチヒロさんかユカリ。でも犯人の〝改造〟に遭っているのは、全部球体関節人形だ。ユカリに球体関節人形の知識はほとんどない。あいつはカスタマイズ・ドール専門だからな。……となれば、消去法でチヒロさんってことになるだろ」

「チヒロさん……」

人形会のたびに美味しい紅茶を入れてくれるチヒロさん。温和で、上品で、亡くした夫と息子の人形に毎日話しかけ、たくさんの人形に囲まれて暮らしているチヒロさん。

しかしチヒロさんはいつも柔らかく笑っている分だけ、心の奥に何かを隠し持っているようにも思えた。

「ヒヨリの顔が壊れたってのは、俺の考えている作戦にとっちゃ好都合だ。いいか、作戦は単純でな。次の人形会に琴乃とヒヨリを持っていくんだよ。そして容疑者二人に見せつける。犯人が二体を見たらどう思う？　顔の壊れているヒヨリが気になるんじゃないか？　体は綺麗なのに、顔だけが壊れたヒヨリ……。琴乃の顔は無傷。何なら琴乃のほうは体にどこか傷をつけておいたっていい。犯人なら、琴乃から首を取って、ヒヨリの首とすげかえたくなるはずだ」

「それは、そうかもね」

「だろ。もちろん犯人も、その場でいきなりすげかえようとはしないだろう。だから、俺たちは琴乃とヒヨリを工房に置いてっちまうんだ。理由は何でもいい。これから飲みにいくから置かせてくれ、とかそんな感じでいい。そこで俺たちは帰ったふりをしておきつつ、隠れてこっそり琴乃とヒヨリを監視するってわけ。誰も見てないと思って犯人がやってきて、人形を分解し始めたらしめたもの。そこを押さえる」

「……ずいぶん粗い作戦のように思えるけど」

「そうか？　俺の考えでは、犯人は強引な奴だ。キョウコちゃんだってサアヤちゃんだって、黙って殺されるわけがない。抵抗したはずだ。それでも犯人は殺し、体を分断した。自分の美意識を満足させるためなら、他の意見なんて聞かない。目の前の人形を少しでも綺麗にするために、殺人だって犯す。そういう人間なんだぜ」

　コウタロウはタバコをもう一本取り出すと、火をつける。一息吸ってからさらに続けた。

「この作戦に引っかかった犯人は、俺やソウスケには何の許可も取らずに人形を分解し始めるだろう。そこに俺たちが出ていって阻止しようとしたら？　本性を現すかもしれない。邪魔者の俺たちを殺してまで、人形を分解しようとするかもしれない……いや、きっとするだろう。犯人はそれくらい、スイッチが入ったら暴走してしまうタイプの人物だ。そうしたら、動かぬ証拠の出来上がりだ」

僕は少し戸惑う。そこまで考えているのか。

「危険な作戦だね」

「だけど、良いアイデアだろ？」

「単純すぎる。獣を捕らえるのに、餌を置いておくのと同じじゃないか」

「こういうのは単純なほうがいいんだよ」

「何より、そんなに筋書きどおりうまく行くだろうか。僕は不安だよ」

「何をそんなに不安がることがあるんだ。俺とお前がいれば、チヒロさんに腕力で負けるとは思わないぜ。ふんづかまえて縛り上げて、通報するだけだ」

「しかし……」

僕は喧嘩すらまともにしたことがない。温室育ちもいいところ。

人を殺すような狂気を宿した人物と、戦えるわけが……。

「なんだソウスケ、弱気になってんのか？」

「……いや」

何を言っているんだ僕は。

僕はサアヤを殺している。抵抗するサアヤを殴り倒し、ハサミで首を突き、腹をえぐっている。そんな僕が人殺しを恐れるなんて、ナンセンスだ。そういう意味で犯人と僕は、互角じゃないか。

そうとも、これは僕にとっては美味しい話じゃないか。この作戦で犯人をあぶり出すことができれば、サアヤ殺害も犯人の仕業にしてしまえるかもしれない。

コウタロウが、サアヤを殺したのもキョウコを殺したのも同一人物だと信じ込んでいる以上、その可能性は高い。

「やるよ」

コウタロウはニヤッと笑う。

「お、やる気になってくれたか」

「ああ。それで犯人が分かるのなら、やる価値はある」

「そうだろそうだろ。さすが話が早いぜ。じゃあ、あとは実行する日を決めるだけだな。お前さえ良ければ、次の人形会ってことにしたいが……」

「いいよ。早いほうがいい」

僕はうなずいた。

コウタロウは上機嫌でタバコをもみ消すと、言った。

「オッケー」

とりあえず話はまとまった。

僕はコーヒーに口をつける。

苦い味が喉の奥に広がっていく。

ふと、ヒヨリのいない状態に慣れてきている自分に気がついた。


翌日。

僕は自室の作業台に製図用紙を広げ、鉛筆を持って考え込む。

何度やってもこの瞬間だけは緊張する。新しい球体関節人形を創るための、最初の設計だ。イメージはだいたいできている。

僕はアルバムをめくり、写真を眺める。

アルバムに収められているのはヒヨリの写真だ。

観光地で、家で、観覧車の中で。いろいろなところに出かけてたくさんの写真を撮った。僕とヒヨリが一緒に写っているものもあるが、ヒヨリ一人にポーズをとらせて撮影したものも多い。想像しろ。僕は自分に言い聞かせる。このヒヨリが成長した姿を想像するんだ。

僕は新しい人形は〝数年後のヒヨリ〟にすることに決めていた。今の人格を受け継ぎつつも、不都合な記憶は消え、新しい体を手に入れたヒヨリという設定。今のヒヨリはまだ子供と少女の間くらいの造形だが、新しいヒヨリは少し女性的なふくらみを強調しよう。身長も伸ばす。

さらに言えば、女性の肉体で最も顕著に変化するのは手だ。子供の頃の面影を残す指ではなく、今回は滑らかに細く白い指として形作る。上品で蟲惑的な大人の女性の手にするのだ。

よし。

僕は意を決して、デッサンを始める。まず前面図。正面から見た全裸の図を描いていく。

僕は全身を描くときは必ず顔から描くことにしている。顔、首、肩から腕、腹、腰から足の順番になる。顔の中でも最初は目だ。細心の注意を払い、二つの目を完璧に創ることに専念する。

ここが肝心だ。目さえきちんとできてしまえば、あとは単純作業といってもいいくらい、簡単な仕事になる。逆に目にわずかでも歪みがあると、全身を描き上げたときにそれが大きな影響を及ぼしてしまうように思う。

少女から一人前の女性に変化し始めるヒヨリの目を描いた。形が良いことはもちろん、大人になることへの戸惑い、憂い、誇り、自尊心、そして愛情を含む複雑な感情をたたえた目を。二十分ほど息をしているのも忘れるくらいに集中し、その作業を終える。

思わず顔を上げ、額の汗を拭う。

壊れたヒヨリの瞳が、ベッドの上でキラリと光った気がした。

『ソウスケ。新しい人形、創るの？』

「……ああ、そうだよ」

僕はなるべく相手にしないようにしつつ、顔と体のラインを描いていく。

『ナナエはまだ完成してないよね。それよりも先に創らなきゃいけない人形ができたってことなの？』

「うん」

目が完成してしまったので、あとは楽だ。

僕は女性の体を撫でる感触を思いながら、鉛筆を滑らせていく。念のため横に解剖図鑑は置いてあるが、筋肉と骨格の構成はすっかり頭に入っている。縫工筋、大腿直筋、内側広筋、中間広筋、外側広筋。筋肉質になりすぎないよう、適度に脂肪がついた柔らかなカーブをイメージしよう。

『女の子の人形ね』

「ああ」

描き慣れてはいるが、それでも緊張する。今回創っているのは商売のための人形ではない。僕のパートナーとなる人形なのだ。ミスは許されない。最高の仕事をしなくては、以前のヒヨリを超える人形を創ることは難しいだろう。

しかし今日の僕の感覚は研ぎ澄まされていた。

途中で詰まることなく、筆は速やかに進み、あっという間に前面図が完成する。オーケー。

次は側面図だ。同じものを真横から見た図を描く。立体造形のため、三次元的に製図を行う必要があるのだ。

『なんだかその人形、私に似てるみたい』

「そうだろうね。だから何？」

『……別に、何でもないけど……』

「気に入ったモチーフを使うくらい、当たり前だろ」

『……ごめん』

側面図を進めるのに合わせて、前面図に陰影もつけていく。胸や腹の膨らみはどの程度にするか、顎や股間のへこみはどの程度にするか。内側の骨や内臓の位置を考えながら描いていく。

製図用紙には一人の女性の姿が写真のように浮き上がってくる。その女性が足を動かして歩く様、手をかざしてポーズを取る様、髪の毛をふわりと揺らせながら微笑む様を想像してみる。

……よし。違和感はない。これでオーケーだ。

『ソウスケ、真剣な目してる……』

「僕はいつだって人形を創るときは真剣だよ」

『私を見てたときと、同じ目……』

「うるさいな。ちょっと黙ってろよ」

『それ、新しい私……?』

僕は無視する。

人間は大雑把に皮膚、筋肉、骨、内臓で構成されている。この図はそれをイメージして作成した。良い出来だ。まるで本当に内側に筋肉があるようではないか。

次は別の作業だ。人形は芯材、それらを覆う粘土、そして全体を支えるステンレスワイヤーのフックとゴム紐で構成されている。つまり今度はこの図から、人形としての内部構造をイメージしていくのだ。

芯材はあとから取り出せるスチロールを使おう。表面の粘土の厚さを五ミリは取りたいから、芯材の太さはこれくらいか……。僕は図に、芯材の形を描き込んでいく。

ただ表面から五ミリ内側に線を引けばいいというわけではない。関節部分や顔面などは、強度や造形時の難しさを考慮しながら粘土の厚さを微調整する必要がある。

同一の外見の中に人間の内部構造と人形の内部構造を重ねながら、僕は注意深く指先を動かして、製図を進める。

『新しい私を創ったら、ソウスケは私をどうするの……』

ヒヨリのどうでもいい話に付き合っている暇はない。

僕は聞き流しながら、図の細かいところを煮詰めていく。

『もっといい人形ができたら、私はいらなくなるの？　いらなくなるんでしょ？　それは私が人形だから？　それとも、私が人間でも同じなの？　人間でも、代わりになる人間か人形がいればいいってこと？』

よし。ほぼ図は完成だ。図ができたら、型紙として切り出し、それをもとに芯材を作成するのだが……。

『ねえ聞いてるの、ソウスケ……』

今日一気にそこまでやってしまうのはあまりよくないだろう。

気分がハイになっている。素晴らしいものができたという感覚で血液が茹だっているのを感じる。

あまりよくない兆候だ。

こういうときは、自分に酔っているだけの可能性も高い。一晩寝て頭をリセットし、明日もう一度客観的に図をチェックしてから、次の作業に入ることにしよう。

『ソウスケ……』

僕は一つ伸びをして立ちあがる。

集中していたから疲れたな。

『ソウスケ……』

ヒヨリの声はほとんど泣き声に近くなっていた。僕は聞き流しながら考える。芯材は明日以降やるとして、ちょっとずついろんな材料を準備しておかないといけないな。髪の毛も必要だし、塗料もいる。デザイン・ナイフの替え刃も切らしていた。やれやれ。

『ソウスケ……』

待てよ。

例えば……目とかは、わざわざ新しく用意しなくても今のヒヨリのものを流用してもいいんじゃないか。僕はヒヨリを見る。

『ソウスケ?』

えぐり出して少し加工すれば、十分使えるはずだ。流用したほうが、雰囲気もさほど変わらずにすむ。

ヒヨリは僕を見つめている。僕はヒヨリの眼球だけを見つめている。

損傷は少ない。よくできた目だ。ただ捨ててしまうのは惜しい。

『ソウスケ……私を見て。もっと見てよ』

今、目を抜き取っておくか？

コウタロウの作戦に使えば、ヒヨリは犯人に壊される可能性がある。万が一目に傷でもついたら使えなくなってしまう。その前に……。

『ソウスケ？　どうしたの？　私……』

僕はデザイン・ナイフを手に取る。

内側からはめ込んでいるから、頭部を割って取り出すのが本来の手順なのだが。さすがに頭部を割ってしまっては囮作戦にも使いづらくなるだろう。大丈夫。目の周りにナイフで切りこみを入れても取り出せるはずだ。少々、強引な方法だが……。

『何をするの？　私……え？　嘘……』

僕はヒヨリの声を脳内から追い払いながら、淡々と作業を進めた。

『やめて……やめて』

ぐいと手に力を込める。

ガリッと嫌な音がする。

ヒヨリの絶叫が、室内に響き渡った。

今日は人形会の日だ。

同時にコウタロウとの作戦を実行する日でもある。僕は少し早めに準備を終えて、工房にやってきていた。

ここに来るのが凄く久しぶりのような気がする。

「いらっしゃい」

いつものように、チヒロさんが出迎えてくれる。

心なしかその表情は暗い。

「こんにちは」

「しばらく会はなしにしようかとも思ったんだけどね。コウタロウさんも、ソウスケさんも来るって言うから……」

声は弱々しく、後半はよく聞き取れない。

ただ、チヒロさんが参っている理由は分かる。キョウコと、サアヤの件だろう。前回の人形会には、サアヤがいた。前々回の人形会には、キョウコがいた。

この数日間で二人も、人形会に関係した人物が死んでいるのだ。それも、犯人の分からない猟奇的な殺人事件で。

それでショックを受けないほうがおかしいだろう。

「今日の参加者はコウタロウと、僕だけですか」

「そうね。ユカリさんには連絡したんだけれど、お返事がなくって」

「そうですか」

ユカリは血なまぐさい話は大の苦手だった。あんな事件が起きれば、寝込んでしまっても不思議じゃない。いや、事件直後に平然と人形会に来て、人形について語り合おうとしている僕やコウタロウが異常なのだろう。

僕たちだって、例の〝作戦〟がなかったら人形会に来ようとは思わなかったかもしれない。

「コウタロウさんはもう待ってるわよ」

「分かりました」

チヒロさんのあとについて入り口をくぐると、だだっ広い部屋にコウタロウが一人、ぶすっとした顔で座っていた。こんなに広い部屋だったのか。人数が少ないと、急に空間が広く感じられる。

「よっ」

コウタロウは僕を見ると、けだるそうに手を挙げた。

しかし僕の視線はその手前に吸い寄せられる。

コウタロウの目の前の机に、美しい人形が横たわっていた。

「琴乃、持ってきたのか」

「ああ。たまにはみんなに見せたくてな」

僕たちは白々しく会話する。琴乃を持ってくるというのは、以前の打ち合わせで決めておいたとおりのことだ。

しかし、見事な人形だった。

笹乃も良くできていたが、琴乃はそれにまったく劣らない。笹乃がどちらかと言えば優しげな表情なのに対し、琴乃は切れ長の目と引き締まった唇が印象的で、涼しげな顔をしている。鋭い眼差しに、ストレートの黒髪がよく似合う。身につけているのは地味で柄も入っていない紺の着物だった。だが、それが逆に鮮烈さを感じさせる。

「胸のあたり、それ傷ついてないか?」

僕は指をさす。琴乃の鎖骨の下あたりに、痛々しく傷が横に走っている。

「ああ。来る途中にうっかりぶつけちまってな」

コウタロウがしれっと口にする。

――何なら琴乃のほうは体にどこか傷をつけておいたっていい――

こいつはそう言っていた。仮にも人形作家が、人形を傷つけるような運び方をするわけがない。つまり本当に傷をつけてきた、ということか。

僕はふと後ろにいるチヒロさんの様子を窺う。彼女が犯人なら、何か反応を示すかもしれない。

が……チヒロさんはお茶の準備をしているだけで、特におかしなそぶりはなかった。

「それよりソウスケ、お前のその包みはなんだよ」

「ああ、これか……」

僕はずっと脇に抱えていた白い紙袋を机の上に置く。そして、中に入ったものを取り出した。

「ヒヨリだよ。ただ、ちょっと壊れちゃってね。あとで直すつもりなんだけれど」

ゴロンと転がったそれを見て、コウタロウは息を呑む。チヒロさんも手を止めて目を丸くした。

ヒヨリは無惨な姿になっていた。

顔にヒビが入り、眼球をくりぬかれている。黒く落ちくぼんだ眼窩が虚空を見つめていた。首は一応胴体にくっついているが、やや位置が悪い。ただ、首から下に異状はない。

ヒヨリのうめき声が頭の中でかすかに響くが、僕は無視する。

「……えらく、傷ついたんだな」

コウタロウが言う。

「どうしちゃったの？　こないだ持ってきてくれたときには、あんなに大切にしていたのに」

チヒロさんも痛ましそうな顔で言った。

「ちょっと落っことしてしまったんです。特に目に大きく傷が入ったので、交換するために今は目を取り外してあります」

「そうなの……早く、直してあげてね」

チヒロさんはそう言いながら、お茶を入れ始めた。

僕とコウタロウは、お互いの人形を観察するフリをしながらチヒロさんを見る。チヒロさんは『早く直してあげて』と言った。やはり、チヒロさんが犯人で……人形を綺麗にしないと落ち着かないのだろうか？

コウタロウは疑惑の目でチヒロさんを見ている。

チヒロさんが犯人であるわけがない。

が、僕にはそうは思えなかった。

こうして間近で見てみてよく分かる。この人は純粋に、壊れている人形が痛々しいと思っているだけだ。勝手に人形を分解したり、ましてや人を殺したりするようなタイプじゃない。

善良で健全な、人形愛好家にすぎない。

今もチヒロさんは穏やかな顔でカップに紅の液体を注いでいる。湯気がほんのりと立ち上り、かすかに上がったその口角の横を通り過ぎていく。平穏すぎる姿だ。この人がキョウコを殺すなんてことがあるわけがない。

「はい、お茶どうぞ」

チヒロさんは上品な仕草で僕たちの前にカップを差し出した。さらに、琴乃とヒヨリの前にも一つずつカップを置く。この人は自分が人形壊しや、猟奇殺人の犯人だと疑われているなど、考えてもいないだろう。

「ありがとうございます」

僕はカップを手に取る。良い香りに思わずうっとりする。

「チヒロさん、ちょっといいかい」

口を開いたのはコウタロウだ。

「ええ。何か?」

「今日さ、俺とソウスケ、もう少ししたら飲みにいこうと思うんだよ」

僕は紅茶を口に含む。

コウタロウはあくまで作戦を実行するつもりだ。

「あら、いいじゃない。私は連れていってもらえないの?」

「いや、たまには二人で飲みたくてさ。こないだ喧嘩した仲直りって意味もあってね」

「なるほど。うんうん。そういうのも大事よね」

「それでさ、人形……工房に預けていってもいいかな」

「え？」

「琴乃とヒヨリだよ。かさばるからさ、ここに置いておきたいんだ。次の人形会までには取りにくるから。そんくらい別にいいだろ？」

チヒロさんは素直にうなずいた。

「ええ、いいわよ。楽しんでいらっしゃいな」

そしてにっこりと笑った。

僕の心がズキリと痛む。

やっぱりこの人が犯人であるわけがない。僕たちはこんなに親切なチヒロさんに罠をしかけ、陥れようとしている。

何だかとても自分が恥ずかしく感じられた。こんな作戦を続けるのが、嫌になってきてしまった。きっと犯人はユカリのほうか、もしくは人形会にはまったく関係のない人物なのだろう。チヒロさんを疑うだなんてどうかしてた。

「そっか、ありがとな！」

コウタロウは僕の気持ちも知らずにウインクをしてみせる。うまくいったとでも言いたいのだろう。僕は眉をひそめた。

「んじゃ行くか、ソウスケ」

コウタロウが僕の背中をバンと叩く。僕は仕方なく立ち上がる。

「じゃチヒロさん、人形はここに置いとく。ほっといてくれればいいからな。んじゃまた次回」

「ええ、お疲れ様。確かに預かったわ。じゃあ気をつけて」

品よく笑うチヒロさんをあとにして、僕とコウタロウは歩き出す。机の上にヒヨリと琴乃を行儀よく並べたまま。

僕たちは真っすぐに歩を進めて一度工房から出る。さらに少し歩いて立ち去ったかのように見せたあと、足音を忍ばせて入り口に近づき、中を覗き込んだ。

チヒロさんが人形会で使う部屋の正面に位置するドアを開けて、中に入るのが見えた。確かあの部屋は倉庫兼事務室だったか。きっと何か仕事があるのだろう。

コウタロウが手でオーケーサインを作って僕に示した。

「よし。じゃ、裏口から入って、犯人が来るのを待とうぜ」

しかし僕は首を横に振った。

「僕はあまり気が進まない」

「おい。今さら何言ってんだよ」

「やっぱり、チヒロさんが犯人ってことはないと思うよ。この作戦は無意味なんじゃないかな」

「バカ言うな。もう作戦は始まってんだよ。それにチヒロさんが人形を分解しようとしなければ、無実であることが確かめられるだろ。確認するのが大事なんだよ。前に言ったじゃねえか」

「だけど……」

コウタロウはイライラした様子で言った。

「まったくこれだからお前みたいなボンボンは嫌いなんだ。人を疑うのが怖くなったのか？　そんなこと言ってる場合じゃないだろうが」

「……」

確かにコウタロウの言い分は分かる。

しかし、僕はどうしてもその気になれなかった。僕は頑固なのだろうか。とにかく気が進まないことはしたくはない。人形作家として、芸術家として、自分の感覚には正直でいたい。

「まったく、使えない奴だな。もういい、お前がそうなら俺一人でもやるからな」

コウタロウは呆れたようにため息をつくと、僕を突き飛ばすようにして裏口へと歩き出した。僕はその後ろ姿を見つめる。無実を確かめる、か……。

「待ってくれよ」

僕は口に出していた。

「何だよ」

「……やっぱり、僕も行く」

「ああ？　はっきりしろよな、もう」

コウタロウは苛立ちを隠さずに答えた。

「チヒロさんが無実だってことを、確認するよ」

「別にいいけどよ。これ以上足は引っぱんなよな」

僕はうなずく。

僕たちは足音を立てないように注意して裏口から入った。


潜む場所は最初から決めていた。

人形会で使われる部屋の奥には大きめのロッカーがいくつか並べられている。そこには人形展示用の支柱や仕切り板などが入れられているのだが、そのロッカーの陰が完全に死角になっているのだ。部屋の入り口からはもちろん、室内からもそこに隠れている者の姿は見えない。死角は面積にして二畳分、高さは二メートルほどはあるため、僕とコウタロウが身を隠すには十分である。

「わざわざここを覗きこむ奴もいないだろう」

コウタロウの言うとおりだった。

支柱や仕切り板などは、展示内容を大きく変えない限り必要のないものだ。この空間に人が来る頻度は、工房の中で最も低いと言って間違いない。まだ倉庫のほうが人の出入りがある。隠れ場所としては最適だった。

「まあ、ゆっくり待とうぜ」

コウタロウはロッカーを背にして座り込むと、余裕しゃくしゃくと言った感じで携帯をいじり始める。SNSサイトか何かを見ているようだ。暗い室内でディスプレイのライトはひどく明るく感じられた。

「おい、そんなのつけたら見つかるぞ」

「大丈夫だよ。誰か来る気配がしたら消すって」

僕は呆れる。

どうもこいつ、緊張感がない。ふざけているのだろうか。それとも僕と同じく、チヒロさんが犯人なわけがないと信じ切っているのだろうか。

僕は少し顔を上げ、部屋の中央にある机を見る。

そこにはヒヨリと琴乃が静かに横たわっている。ヒヨリはどこか苦悶の表情を浮かべているように感じられた。その開いた眼窩からドロドロと闇が流れ出しているような気がして、僕は慌てて目をそらす。

あたりは静かだった。

コウタロウが指先で携帯をいじる、かすかな音だけが聞こえる。

工房は広い。十二畳はあるだろう展示室に加え、人形会を開催する部屋、事務室、給湯室、トイレなどがある。さらに地下には展示室と同程度の広さの倉庫。この空間には今、人間は三人しかいない。潜んでいる僕とコウタロウ、そして事務室にチヒロさん。それ以外には何十体もの人形があちこちにたたずんでいるだけだ。

僕は腕時計を確認する。十九時二十分。

裏口から入ってここに隠れたのが十九時くらいだったから、まだ二十分しかたっていないことになる。チヒロさんは相変わらず事務室で仕事をしているのだろう、何の音も聞こえてこない。

これ、いつまで続ければいいんだ。

このままずっと何の変化もないんじゃないか？

まさか朝になるまでここにいるのか？

コウタロウの様子を窺うが、のんびりと携帯に見入っているだけだ。

ふう。

こりゃ長期戦になりそうだ。

僕はため息をつき、腕組みをして目を閉じた。

僕はヒヨリと手を繋いで歩いていた。

ヒヨリは人形ではなく、人間で、生き生きとしている。僕の想像していたとおりの声で、仕草で、僕を見て笑っていた。

これは夢だ。

夢に決まっている。

僕はそう思いながらも、ヒヨリに笑い返した。

幸せだった。

夢の中で人間と人形の区別はなかった。僕は永遠の命を手に入れ、ヒヨリは人の心を手に入れていた。僕とヒヨリはたわいのない話をしながら駆け回り、さまよい、眠り……それを何度も繰り返した。


「おい起きろ」

体を揺さぶられて、僕は目を覚ます。

暗い室内で、コウタロウが不機嫌そうに僕を見ていた。

「ああ……ごめん」

すっかり寝てしまっていたようだ。何か妙な夢を見たらしい。じっとりと汗をかいていて、服と肌がくっつく感覚が気持ち悪い。

「お前、熟睡しすぎだって」

「悪い……最近、あまり寝てなくて。で、何かあったの？」

僕は腕時計を確認しながら、小声で聞く。午前一時十二分。かなり時間が経っている。

「いや」

コウタロウは首を振った。

「何もねえ。なさすぎて、退屈」

コウタロウが床に置いている携帯の画面は、真っ暗だった。どうやら電池が切れたらしい。

「じゃあ何で起こしたのさ」

「うるせえな。横でグースカ寝てるから、イライラしたんだよ」

「……そうかい」

僕は起き上がる。硬い床の上で変な体勢で寝たものだから、体の節々が痛い。机を見るが、ヒヨリと琴乃の姿には何の変化も見られない。

「誰も来ねーし、何も起きねーよ。この作戦意味あんのかな」

お前が言いだした作戦だろう。僕は文句を言いたくなるが、寝ていた手前、我慢した。

「何だかバカバカしくなってきたな……」

コウタロウが頭をガリガリとかく。

「ちょっと、やめろ」

僕はコウタロウの手を押さえる。

「何だよ」

僕は答えず、闇の中を見つめて耳を澄ます。

今、何か聞こえた気がした。

カチン。カチン……。

ほんのかすかな音だった。

たとえるならばボールペンのキャップをつけたり外したりする音、というところだろうか。何をしているのかは分からないが、誰かが何か音を立てている。この室内ではない。廊下を越えた先……おそらくは事務室か、展示室で。

「聞こえた?」

コウタロウを見る。

「ああ。何か聞こえるな」

「チヒロさん、まだ仕事してるのかな?」

「こんな時間までか?　ちょっとおかしいな……」

まだ音は続いている。

ガリガリと何かを削るような音も混ざり始めた。

決して大きな音ではないが、確かに響いてくる。

「ひょっとして、展示室の人形を壊してるんじゃないか？」

コウタロウが言う。

「ここに置いた琴乃とヒヨリには引っかからなかったが……別の人形を壊しているとしたら、それはそれで証拠になるかもしれない」

一人で納得したようにうなずくと、コウタロウは立ち上がった。

「どこに行くんだよ」

「決まってんだろ。様子を見てくる」

「様子を見るって……」

「ソウスケ、お前は残ってろ。ひょっとしたら俺が離れている間に犯人がここに来るかもしれないからな。まあ大丈夫、すぐ戻ってくるわ」

「二人のほうが安全じゃないか？」

コウタロウが笑う。

「お前どんだけ怖がりなんだよ。大丈夫だって。もし応援が必要だったら大声で呼ぶからよ、そうしたら来てくれ」

コウタロウは軽い調子で言う。

しかし僕は不安だった。

これは最初のシナリオとは違うことだ。作戦はあくまで作戦どおり遂行したほうがいい。予定外のことが積み重なれば、その行きつく果ては良くない結果だけ。そんな予感がした。

「ま、どうせチヒロさんが仕事してただとか、猫がうろついてたとかだろ。十分くらいで帰ってくら」

コウタロウは僕にそう言うと、足音を忍ばせて歩き出し、あっという間にドアから廊下に消えてしまった。

一人取り残された僕は、ロッカーの陰で一人座り込む。

ザラザラしたコンクリートの床と、冷たいロッカーの感触が不快だ。顔を半分だけ出して部屋の様子を見るが、相変わらず何の変化もない。

腕時計を見る。

まだ五分も経っていない。

早く戻ってきてくれ、コウタロウ……。

ガタンと大きな音がして、飛び上がりそうになる。

再びロッカーの陰から顔を出してみる。しかし、再び室内は静まりかえった。何の音だったんだ？　何か不安定な状態で棚に置かれていたものが落ちたとかだろうか。それともコウタロウが何かにつまづいたか。もしくは、コウタロウの身に何か危険が……。

分からない。

ここから出て確かめる気もしない。

僕は死角にもぐりこみ、できるだけ小さな体育座りをした。

嫌な予感が湧き上がり、それを否定する。

ただそれを繰り返し続けた。

一時間が経過した。

僕は何度も腕時計を見つめ直す。いくら確認しても同じだ。コウタロウが出ていってから一時間。六十分。三千六百秒。間違いない。

いくらなんでもおかしい。

展示室、事務室、倉庫の全部を確認したとしても一時間はかからないはずだ。トイレにでも行っているのか？　それにしても遅い。

まさかあいつ、僕をからかっているんじゃないだろうな。

作戦がバカバカしくなったとも言っていた。僕を置いて帰ってしまったのかもしれない。

様々な可能性を考えるが、答えは出ない。

何度か逡巡したのち、僕は立ち上がる。

見にいくしかない。

足音を立てないように注意して入り口のところまで進み、そっと廊下を覗く。

真っ暗だった。

事務室にも展示室にも、電気はついていない。横を向くがトイレも同様だ。誰の姿も見られない。コウタロウはいったいどこまで行ったんだろう?

僕はゆっくりと廊下に足を踏み入れる。

一度歩き出してしまうと、怖さはさほど感じなくなっていた。何事もありはしないだろう。そんな気分に満たされている。座り込んでいるよりも、体を動かしているほうが楽観的になれるのだろうか。それとも不安が限界を超えて、半ばヤケになっているのだろうか。

普段は何のことなしに通り過ぎる廊下を、一歩一歩進んでいく。靴底がコンクリートにこすれるかすかな音が妙にうっとうしい。

コウタロウの奴、どこかで寝てるんじゃないだろうか。何となく寝息のような、スウスウという音が聞こえる。ただの風音かもしれないが。

まずは事務室から見るか。

僕は事務室のドアノブを握り、くいと回す。

金属のこすれる音がわずかにして、ドアは開いた。

一見、事務室には誰もいないように思えた。

事務室には普通のオフィスにあるような机が一つ、椅子が一つ置かれている。その後ろにファイル類が置かれた棚があり、脇には段ボール箱があった。その箱はまるで子供のおもちゃ箱のようだ。何か積み木のような細長いものや、ボールのような丸いものがゴチャゴチャッと放り込まれている。

しかし僕は事務室の中に一歩も入ることができなかった。

何だこの匂いは。

脂と鉄の混じったような異臭が充満している。それは本能的に吐き気を催させるような濃い臭気。血なまぐさいような、汚物のような、それらが混ざり合ったような……。

僕は口を閉じて鼻を押さえる。

床には絨毯のようなものが敷かれていたが、その上に黒い何かが飛び散っている。明らかに模様ではない。ペンキをこぼし、その上で獣が転げ回ったような汚れ。これはまずい。一刻も早くここを離れなくてはいけない。僕の頭の中で警鐘が響く。

そのとき、僕は箱の中身に気がついてしまった。

入っているボールの下に光っているのは、チヒロさんがよくつけていたブローチじゃないか。

ああ……。

それと分かって見れば明らかであった。あり得ないことだと思っていたから、認識できなかったのかもしれない。

段ボール箱にはチヒロさんが詰まっていた。

眠っているように目を閉じているが、その顔には血が付着している。座り込んでいるのだろうか。それにしても手が明らかにおかしなところから飛び出している。ひょっとしたら、腕は切断されているのかもしれない。

チヒロさんはまるで壊れたおもちゃのように、乱雑に箱に押し込まれていた。

あとでもう一度遊ぶ。

そんな子供の意思が感じられるような詰め込まれ方である。

僕はよろめくようにして一歩下がり、事務室のドアを閉じる。そのままドアを背にして座り込んだ。

心臓が早鐘のように鳴り響き、全身から汗が噴き出していた。今目の前にした光景を思い出してはダメだ。パニックになってしまう。僕はできるだけ心を空っぽにするようにして胸を押さえた。

呼吸が荒い。ハアハアと息をする音が、闇に潜む危険な獣に聞かれているような気がして僕は口を押さえる。

どういうことだ。

どうしてチヒロさんが殺されている。

コウタロウはどこへ行った？

チヒロさんは事務室で仕事をしていたんだろう。

そこに何者かがやってきて、チヒロさんを〝分解〟し……段ボール箱に詰めた。

いつの間に。

僕が寝ている間にか？

誰が。

チヒロさんは容疑者だったはずだろう。

なのに、殺されている。

犯人は僕たちが仕掛けた罠……ヒヨリや琴乃には目もくれずに、チヒロさんを狙った。

コウタロウの作戦は完全に崩壊している。

犯人は人形を〝美しくしたい〟なんていう、生半可な動機を持った人物ではないってことだ。

残る容疑者であるユカリがやったのか？
犯人はどこにいる。
まだこの工房にいるのだろうか。
このスウスウという音は何だ。
風の音にしてはおかしい。ずっと聞こえている。
怖い。怖い。
ヒヨリ。
ヒヨリ、助けて。
ヒヨリ、どこにいるんだよ、僕のヒヨリ！
「スウ……スウ……」
音がはっきり聞こえる。
これは風の音なんかじゃない。誰かの呼吸音だ。
展示室のほうから流れてくる。
「ゴホゴホ」
咳き込むような音。
嘘だろ。やめてくれ。
これ以上いったい何があるっていうんだよ。

僕は這うようにして展示室へと向かう。

廊下を進み、いくつもの人形の姿が見えてくる。

展示室だ。

「……コウタロウ?」

展示室の一歩手前で、僕は耐えられずに呼び掛ける。

「コウタロウ。いるんだろ……返事してくれ」

「スウ……スウ……」

「コウタロウ……」

展示室には無数の人影があった。もちろん、それはすべて人形だろう。人形の影は微動だにしない。ほとんどの人形は、玄関を向いて展示されている。僕には背を向けている形だ。無数の後ろ向きの人影たち。

その一つが、ふいに僕のほうを向いた。


「コウタロウさんは返事しませんよ」

人影は僕に言う。

「これから壊しますから」

ふわりとショートカットの髪が揺れる。

その顔は見知ったものだったはずなのに、初めて見るように感じられた。

「……キョウコ……？」

なぜ。

「ソウスケさん、どうしてここにいるんですか？」

キョウコの手には魚串が何本か握られている。魚串はステンレス製のとがった棒で、人形の芯材を接続したり、スチロールの部品に突き刺して固定したりする際に使うものだ。

そのキョウコの向こう側で手足をだらしなく投げ出して倒れているのは、コウタロウだった。喉のあたりに魚串が何本か刺さっている。その胸がふくらむたびに、スウスウと音がした。

いや、それだけではない。ゴボゴボと液体が溢れるような音も聞こえてくる。

「キョウコ、お前こそどうしてここにいる。タクと交ぜられて殺されたはずじゃ……」

「ソウスケさん、何を言ってるんですか。よく分かりません」

キョウコはずいと僕に向かって一歩進む。

その目は異常なほど輝いていて、どこか興奮しているようにも見えた。

「そのつもりはなかったんですけど、仕方ないですね」

まるで独り言のようにそう言うと、魚串を振り上げる。

僕は後ずさりする。キョウコは無表情のまま僕に近づいてくる。そのまま、まるで蚊を潰すようなさり気なさで、僕の顔面に向かって魚串を突きだした。

とっさに壁を盾にして、僕は魚串を避ける。

ステンレスが壁とぶつかる硬質的な音が響いた。

「使いにくい」

キョウコはポイと魚串を放り投げると、今度は棚からカッターナイフを手に取った。

僕はそれを見てゾッとする。

カッターナイフと言っても、芯材を加工する際などに使う巨大なものだ。その辺の包丁ほどのサイズはある。切れ味はさほどでもないが、十分人は殺せるだろう。

「キョウコ、やめろ！　どういうことなんだ」

僕は叫びながら、ゆっくり後退する。急いで逃げ出せば、キョウコもそれに合わせて跳びかかってくるような気がした。

キョウコは僕の問いには答えず、眉を少しひそめただけだった。

「どうして僕を狙う。僕は何が何だか……」

「私だってソウスケさんは壊したくないですよ」

「何？」

「ソウスケさんは私に優しくしてくれましたからね」

「……」

「私に人形を創ってくれたし……」

このまま廊下を後退していけば、人形会で使われる部屋に入ってしまう。そこに追い詰められたら逃げ場がない。

「人形を〝壊した〟ときも直してくれましたし……」

「壊しただって？ ……自分で壊したのか？」

「はい。言いませんでしたか？ タクを壊してしまったって」

「どうして。僕はてっきり……」

「あれ？ 言いませんでしたっけ。私、分解するの好きなんです。言ってなかったかもしれませんね。それを言うと、みんな私を遠ざけようとしますから。お父さんも、お母さんもそうでしたし」

キョウコの口調に微塵も動揺はない。素直に思ったままを話しているようだ。

「分解って、何を分解するんだ」

「何でもですよ。でも、一番は元に戻らないものが好きです。おもちゃとか、パズルとかは、バラバラにしても元に戻せるじゃないですか。でも虫や猫や鳥はバラバラにしたら戻らない。不思議ですよね。もともとあった部品が何一つとして欠けていなくても、一度分解したら戻らないんですよ。そういうものを分解しているとき、何か目に見えないものを奪い取ったような気がして……好きなんです」

「猫や鳥……？」

「はい。人間もそうですね」

「人間だって？」

「ええ。あれ？　でも変ですね。ソウスケさんは、私のことを分かってくれてると思ってました。どうしてそう思ったんだったかな……。ああ、そうだ。ソウスケさん、私にタクをくれたじゃないですか。あれ、私のためにくれたんですよね？」

「確かにあげたけれど……」

ダメだ。キョウコに隙はない。そして廊下は狭くて、横をすり抜けることも難しそうだ。

「あれはつまり、本物の人間を分解したら捕まってしまうから、タクで代用しろってことだったんですよね？　私のことを分かってるから、くれたんですよね？」

背中に冷たいものが走る。

こいつは異常者だ。

確かに僕は人形をあげた。しかしそれは、キョウコに家族がいなくて寂しそうだと思ったからだ。そして、これをきっかけに人形に興味を持ってくれればいいという気持ちもあった。ただそれだけだ。

人間を分解したいという欲望を抑えるために、人形を代理にするだって？　理解できない。自分が完全に常識的な人間だとは思わない。だけど、こいつは僕なんかよりずっと狂った世界で生きている。僕は別の生物と相対しているような気持ちでキョウコを見る。

コウタロウの予想など、完全に外れていた。〝人形を美しくしたい〟どころじゃない。もっとずっと危険な欲望をこいつは抱えている。

「私嬉しかったですよ。あんなに優しくしてくれたの、ソウスケさんが初めてでしたから。タクは何度も何度も分解して遊びました。凄くリアルにできている人形でしたから、最高に面白かったです。人形会にも参加させてもらって、人形の直し方も教えてくれましたよね。分解しては自分で直し、何度も楽しみましたよ。分解しすぎてついに自分の手では直せなくなったときは本当に落ち込みましたけれど、ソウスケさんが直してくれましたし。ありがとうございます」

「あ、ああ」

ついに僕は追い詰められて人形会の部屋に入ってしまった。僕に続いてキョウコもゆっくりと入ってくる。手にしたカッターナイフの刃が、きらりと光った。

「ソウスケさんさえいれば、私も普通の人間らしい生活が送れるのかもって思ってましたよ。思ってましたけど……もう、遅いんです」

「もう遅い？」

「ええ。私、人を分解してしまいましたからね」

「まさか……」

「私は悪くないんですよ。ただ、あの子が……ユカリさんが……私が家でタクを分解して遊んでいるところに、やってくるから」

その言葉でピンとくる。キョウコが人形会を休んだ日だ。その日、ユカリがお菓子をキョウコの家に届けにいくことになっていた。ということは、ユカリはすでに……。

「私、分解しているときは、ドキドキしてるんです。心臓が、血管が、ばくばく言ってるんです。目の前が真っ赤になってるんです。そんなときに来られたら、仕方ないですよ。分解しちゃいますよ。タクと一緒にバラバラにして、またくっつけて、またバラバラにして……楽しく遊びましたよ」

僕は理解する。そういうことか。最初にキョウコの死体だと思われたものは、ユカリの死体だったのだ。キョウコとユカリは体格が似ている。

タクの首と両手を据え付けられていたのは、ユカリ。死体の首と両手は行方不明。歯列による確認も、指紋の照合もできず、その死体は誰のものか正確に判明していなかった。

うちに一度聞き込みにやってきた坂野という警官も、「キョウコさんと思われる死体」という言い方をしていた。あれは婉曲表現でも何でもなく、そのままの意味だったのだ。

「あのときはやってしまったって思いましたけどね。すぐ、考え直したんです。もともと私みたいな人が生きていける世の中じゃないんですよ、ここは。分解趣味の人間に居場所なんかどこにもないんです。だから私はもう諦めました。これからは好きなように生きていくことにしたんです」

ガツン。

机の角に腰がぶつかる。振り向くと、ヒヨリがすぐそこに置かれていた。

「どうせ私はすぐに捕まるでしょう。そして、死刑になるんでしょう？　いいんです。もう、いい。それまでの短い間、私はいっぱい楽しく分解して過ごすんです。さっき、一人分解しました。そして、それを覗きにきた人はこれから分解します。ソウスケさんは……その次ですかね」

ダメだ。キョウコは、僕も殺すつもりだ。

キョウコは瞳を輝かせ、うっすら笑みさえ浮かべながら近づいてくる。

その距離はもはや目と鼻の先だ。キョウコが腕を伸ばせば、カッターナイフの先端は僕の喉元に届くだろう。

しかもこいつ、自分が死刑になることまで覚悟している。もともと捕まらずに逃げ切ることなど想定していないのだ。なりふりかまわず、僕を殺しにくる……。

「ソウスケさんのことは分解したくなかったですが……。殺さないでおいたら、きっと私のことを大人に言いつけますもんね。しょうがないですよね……」

どうしたらいい？

どうしたら逃げられる？

僕は後ろの机で横たわっているヒヨリにすがるような視線を送る。その手を握り、祈る。ヒヨリ。僕を助けてよ。僕の理想の彼女。僕を愛してくれ、辛いときには慰めてくれ、困ったら助けてくれる……そんな彼女だったはずだろお前は。今、大変なことになってるんだ。僕を助けてよ。助けてよ……。

『ソウスケ』

ヒヨリの声が、僕の頭の中に響いた。

助けてよ。助けてよ……。

『私を盾にするといいわ』

その声を聞くや否や、僕は動いた。ヒヨリの体を掴み、自分の目の前に掲げる。キヨウコは突然突きつけられたヒヨリの姿を見て、しばし固まった。

「え、ソウスケさん……」

そしてキョウコは、思わぬことを口走った。

「あなたも、分解が好きなんですか？」

何だって？

戸惑う僕をよそに、キョウコはさらに続ける。

「ソウスケさんがあんなに大切にしていたヒヨリがこんなにグチャグチャ……。これ、他の人にやられたわけじゃないですよね？　肌身離さず持ち歩いていたんですから……ソウスケさんが、やったんですよね」

キョウコの表情がみるみる柔らかくなっていく。明らかな誤解をされているが、これはもしかすると最後のチャンスかもしれない。

「そうだ。僕が……やった」

僕は話を合わせる。

キョウコは僕に向けていたカッターナイフを下ろすと、頭を下げた。

先ほどまで放たれていた殺意が消えうせている。

「やっぱり……そうなんですよね。ソウスケさんも、ヒヨリを使って楽しんでたんですね」

「そうだ」

僕は笑顔を作る。唇の端がピクピクと震える。

「それは殴ったり、切りつけたりしたんですか？　相当強くやらないと、そこまで壊れないですよね。ソウスケさんは分解よりも、傷つけるのが好きなのかな。えへへ。嬉しい。ソウスケさんも私と似たタイプだったなんて……」

「ああ、そうだよ。今まで言ってなくてごめん……」

これしかない。

生き延びるには、仲間であることにしてしまうのがいい。

殺人鬼の同類だと思わせるんだ。

「私、ずっとソウスケさんは特別な人だと思ってました……どうしよう。ドキドキしてきちゃいました。ごめんなさい……カッターナイフなんて向けちゃって」

キョウコは頬を赤らめ、にっこりと笑った。

「いや、いいんだ」

「ねえソウスケさん。展示室にコウタロウさんがいるんです。喉を魚串で何箇所か貫きましたが、まだ生きてます。よければアレで一緒に遊びませんか？」

遊ぶという意味が何を示すのかを想像して、少し吐き気がする。

「先に私が分解してから、ソウスケさんが遊びますか？　それとも逆がいいですか？　私、どっちでもいいです。ソウスケさんの好きなほうでいいですよ。嬉しいなあ、私初めてです。誰かと一緒に遊ぶの……」

キョウコは本当に嬉しそうにしている。

僕は正直恐ろしくて仕方ないが、平静を装って答える。

「良いアイデアだね。僕もいつかあいつで遊んでやろうと思ってたんだ」

「それはよかったです。さ、来てください。こっちです」

優しく僕の手に触れ、握るキョウコ。

その手は、びっくりするほど冷たかった。


展示室の中に響くスウスウと言う音は、ヒュウヒュウというような弱々しい音に変わっていた。

コウタロウは気絶しているのだろうか。首に魚串が貫通した状態で床に倒れ、指先がピクピクと痙攣している。まるで押しピンで板に留められた昆虫だ。ドロリと黒い血液が首から流れている。眼球は時々クリクリと動いているようだ。首を刺されたら即死するものと思っていたが、そうでもないのだろうか。

「ソウスケさんが先にやりますか?」

キョウコはそんなコウタロウの首に刺さった魚串を指先でつんつんと弄ぶ。

ゴボゴボと水中でもがくような音がコウタロウの口から漏れる。

「私はいつも腕から切っていくんです。足は力が要りますから……もし腕を切りたかったら、ソウスケさん先にやっていいですよ？」

僕はヒヨリを抱いたまま言う。

「僕は……腕は遠慮しておく」

キョウコはコウタロウの腕をすっとまくりあげる。肌色の肉が露わになる。キョウコはカッターナイフを手に、どのあたりから切りつけるか考えるようなそぶりを見せる。

「そうですか？　じゃあ腕は私がやりますね」

にっこりと笑う。

その表情は何ともだらしない印象だった。快楽に身を任せているような、いやらしい笑みだ。

「じゃあ……とどめを刺しましょうか」

キョウコが座り込み、コウタロウの喉のそばに左手を当てる。

コウタロウがビクンと震えた。

何をする気だ？　まさか。

「ちょっと！」

しまった。つい、声を出してしまった。

「……え？」

キョウコが怪訝な表情で僕を見る。

まずい。ここは、キョウコに全て話を合わせておけばよかったのだ。

「ソウスケさん……どうしました？　まさか殺したくないんですか？」

「いや……」

「殺しておかないと、意識を取り戻されたときに厄介じゃないですか」

疑われてしまっては最後だ。どうする。

僕は必死で考える。

脇にかかえたヒヨリの体をしっかりと抱き、考える。

「その……ちょっと待ってもらいたくて」

「待つ？　どうしてですか？」

「その」

「ソウスケさんがとどめを刺したいってことですか？　いいですよ、ナイフ貸しますから……頸動脈を切ってください」

「いや、違うんだ。僕は……僕は、人間で遊ぶときには専用の道具を使いたいんだ。ほら……人形用の道具だとどうしても、人間を壊すのには力不足だろ。だから家から本式の道具を持ってきたいんだよね」

苦し紛れの言い訳だった。

「へえ……。どんな道具ですか？」

キョウコは僕を見つめる。

「……ノコギリとか」

「ノコギリなら、工房にもありますよ？」

無邪気な表情で首をかしげるキョウコ。しまったと思うが、僕は続ける。

「いや。あれよりもっと大きくて力の入れやすいやつが、うちにあるんだ」

「ノコギリなんて使わなくても、よく切れるナイフを使えば筋繊維を切断することは十分できますけど」

手の先が震える。悟られないよう、僕は手を背後に隠す。

「いや、僕はノコギリを使うのが好きなんだよ。そういうのあるだろ？　キョウコも」

「ふうん……そうなんですね。確かに、ナイフだと脂肪がベチャつく感じが嫌だったりもしますから……分からなくもないです」

「うん。ひとっ走り取ってくるよ。そうだな……十五分くらい。待っててもらえるかな？」

「……いいですよ」

キョウコはうなずいた。

ほっと息が出そうになる。

「ソウスケさんが戻ってくるまで、私待ってます。死後硬直しちゃうと、分解しにくいですもんね」

よかった。

これで逃げ出せる。

僕は逃げ出せる……。

「分かった」

僕は精いっぱい元気よくそう言うと、つとめてのんびりと歩いて工房の玄関を出た。

後ろから見つめるキョウコの視線を感じる。

僕は扉を閉め、よろめくようにして歩き、五十メートルほど離れた茂みに倒れ込んだ。何度かえずくが、胃液と唾液しか出てこない。地面を見つめながら呼吸を落ち着かせる。涙まで出てきた。

ゴシゴシと目をシャツの端で拭き、そして携帯電話を取り出す。

震える声で警察に通報しながら、僕はずっとヒヨリを抱きしめていた。

悪夢は、訪れたときと同じくらい、あっという間に過ぎ去っていった。

通報してすぐに警察は到着し、僕を保護しつつ、キョウコをコウタロウへの傷害で現行犯逮捕した。

あとで刑事の坂野に聞いたところによると、犯人は人形会に関連した人物だというところまではほぼ掴んでいて、人形工房『冷たい体』を内偵中の警察官は緊急の出動に備えている状態だったそうだ。

警官の準備が万全だったことに加え、キョウコもほとんど抵抗を見せなかったという。もう覚悟はできていると言っていた。踏み込んできた警官に、素直に捕まったのだろう。

キョウコが僕も同類だなどと言わないかどうか心配だったが、それは杞憂に終わった。

キョウコは一切僕に関しては口を割らなかったのだ。キョウコはキョウコで、彼女なりの信念があって動いていたようだ。僕と一緒に遊びたいというのも、同じような趣味を持つ仲間と出会えたと言って喜んでいたのも、本心からのことだったのだろう。残された仲間である僕を貶める気はないようだった。キョウコの気持ちを思うと少し胸が痛む。

ただ、一度僕に会いたいと言っていたようだ。しかしそれは坂野に言って断ってもらった。警察からすれば僕は悪夢のような事件を命からがら生き延びた被害者で、キョウコは猟奇的な殺人鬼だ。僕の希望が優先されたのは言うまでもない。

全ての犯人はキョウコということで決着がつきそうだった。

そう、つまり……タクや笹乃という人形を壊したのも、ユカリやチヒロさんを殺したのも、コウタロウを傷つけたのも。そして、サアヤを殺したのも。

さらに、キョウコは全て自分がやりましたという発言を繰り返した。

コウタロウがはっきりと主張したのも大きい。コウタロウの首の傷は動脈を外れていたらしく、一命を取り留めた。首に包帯を巻き、まだ満足に話せない状態のコウタロウは、キョウコがいかに冷酷な殺人犯であるかを筆談にて力説した。

僕がサアヤを殺した可能性など、誰一人思いついてもいないようだった。

キョウコの処分については家庭裁判所の判断に依るそうだが、おそらくはかなり重い罰が下るだろう。精神障害の可能性があるので、判決はどうなるか分からないと坂野が言っていた。

主宰者を失った人形会は事実上消滅したが、それ以外に生活に変化はなかった。大学の授業はいつもと同じに進んでいくし、人形制作の注文もポツポツとやってくる。

一度ほころびかけた僕の日常は、急速に元どおりになっていった。

ヒヨリの存在以外は。

僕は粘土板の上で粘土を延ばしていた。のし棒を使って前後に延ばし、粘土の塊を平らな板状にしていく。こうして作った粘土板を芯材に巻きつけ、人形の基礎的な形状を作るのだ。

胴体、足、腕、そして頭。僕は順々に作成していく。

この時点では顔は凹凸のないノッペラボウでしかないし、胴体も何となくくびれがある、程度の造形だ。しかし各部に手を入れていくことで、この粘土の塊は人形になり、やがて人間に近づいていく。

僕の彼女、ヒヨリに。

その体躯をイメージしながら、僕はコーヒーを一口含む。

どこから創るか。やはり、頭からだろうな。

僕はヒヨリの写真を横に置いて眺めながら、頭部の造形に取りかかった。粘土の小さな塊を慎重に張りつけながら、目や鼻、口などの凸になる部分を取りつける。並行してヘラで粘土を延ばし、削り、凹になる部分を作成する。さらに解剖図鑑をめくり、骨格の位置を確認する。

脳がこのあたりまで存在しているはずだから……ここに目の位置が決まり……耳の位置がここに決まる。

『やっぱり私そっくりの人形を創るのね』

ヒヨリが話しかけてくる。

『私がいなくなっても大丈夫なように、でしょうね』

ヒヨリは僕の作業台の横に座っている。

あの晩、キョウコと相対したときに盾にしたヒヨリ。偶然と誤解からとはいえ、僕の命を救うカギとなったヒヨリ。眼球は失われ、大きなヒビが入り、関節がボロボロになってなお……僕はそこに置いていた。

だが、別に愛着があって置いておいたわけではない。

分解を趣味とする猟奇殺人者の話題が飛び交っているときに、人形を解体してゴミに出したりしたら騒ぎになると思っただけのことだ。余計な騒動に巻き込まれるのはごめんだった。

『でもソウスケ……人形に私の代わりはできないよ。血の通った私でなくちゃ、できないことがあるよ。ソウスケ、分かるよね？』

ずっとこの調子だ。

ヒヨリは僕をイライラさせる。

「自分が人形だって分からない人形ほど、バカげた存在もないな」

僕は吐き捨てるように言い、目もくれずに作業を続ける。

顔面を最初に創るときは、目は閉じた状態で創る。義眼を入れるのはある程度顔全体を完成させ、乾燥させてからでないと難しいからだ。

僕はこの流れがとても好きだ。

目を閉じて眠っているような、制作途中の人形。それは母親の胎内でぼんやりと漂う赤ん坊を思わせる。まだ肉体は未完成で、感覚器は外界に開かれていない。細部が完成に近づいてきたところで眼球を入れる。

目が、開く。

その瞬間に生命が宿るような気がする。

それまで意思のこもっていなかった唇に感情が生まれ、その粘土にみずみずしい血潮がめぐり始めるのだ。

僕は作業机の端でビニール袋に入っている眼球を見る。ヒヨリから抜き出したものだ。新しいヒヨリに、あれを入れるときも近い。

『自分が人形だって分からない人形……？』

ヒヨリがまだぶつくさ言っている。

「お前のことだよ。ヒヨリ」

僕ははっきりと言ってやる。

『……』

今度は黙り込んだ。

いつまでもあいつの相手をするのも面倒だ。今創っている〝新しいヒヨリ〟に目を入れる段階になったら、いよいよあいつは破壊してしまうとするか。

『ソウスケ……』

「なんだよ。うるさいな」

僕は今忙しいんだ。顔を創っているときが一番集中する必要があるんだぞ。

『私は自分が人間だって思ってるんだよ』

「だからなんだよ」

『自分が人間だって考えている存在は、みんな人間なんだよ？』

「はあ？」

『ソウスケだってそうでしょ。どうしてソウスケは自分が人間だって確信できるの？よくできた人形なのかもしれないじゃない。周りのみんなが人形なのを知りつつも、それを言わないでいてくれているだけかもしれないじゃない』

妙な理屈をこね始めたぞ。

『ソウスケだって、自分が人間だって思うから人間なんでしょ。私だってそういう意味では同じだもの』

うっとうしい。僕は不快に思いながらも、言い返す。

「バカ言うな。お前は人形だ」

『私はもう、人間になったのよ。ソウスケがそういうふうに私を育ててしまったの。私はソウスケの制御を離れて、一人で考えるようになったのよ？　お願い、私が人間だって認めて。今までは認めてくれていたじゃない？』

気持ちの悪いことばかり言う。

「黙ってろ。今、壊してやろうか？」

僕は金槌を掴んでいた。

『ソウスケ。私を壊すって言うんなら、あなたは人殺しだよ』

「何を言ってるんだ。バカバカしい」

『ねえソウスケ。あなた……最初の殺人事件があったとき、怯えてたよね。これは人形と人間の区別がつかない奴がやった殺人だって、震えてたよね』

「だからどうした。犯人は結局キョウコだったじゃないか。サイコパスって言うのかな、一種の殺人狂の事件にすぎなかったんだよ。その推論は間違いだったんだ」

『違うよ。人形と人間の区別がつかない殺人鬼は実在したよ』

「何言ってるんだ。実際にキョウコは逮捕されて……」

『人形と人間の区別がつかない殺人鬼は、あなたよ。ソウスケ』

何だって。

虚をつかれて、僕は黙り込む。

「僕は」

『ソウスケは気づいてないんだよ。あのときソウスケが怖がってたのはね、殺人鬼の存在なんかじゃない。自分が怖かったんだ。ソウスケは自分が人形と人間を取り違えてしまいそうで怖かったんだ』

「そんなことはない」

『ソウスケはもう、分からなくなってたんだよ。何が人形で何が人間か、あやふやになってた。それはあなたが天才的な人形作家だから仕方なかったのかもしれない。職業病みたいなものかもしれない』

ヒヨリの声は止まらない。

僕の意思でコントロールできない。

『人形と人間の区別がつかなくなってたって、殺そうとしなければまだ大丈夫だった。でもソウスケは殺そうとしてる。私を殺そうとしてる。私を殺したらどうなると思う？次は本当に人間を殺しちゃうよ。それも、人形と区別つかずに殺しちゃうよ』

「黙れ。僕は……」

『私の言ってることは正しいよ。だってもう一人殺してるんだもの。ソウスケはサアヤを殺してる。そして私も殺す。もう、殺すことはソウスケにとっておかしなことじゃなくなってきてる。次は、誰を殺すかな？　誰を殺すのかな？』

ヒヨリは勝ち誇ったように喚き散らす。

もう限界だ。

これ以上こいつと話していたら、頭がおかしくなる。

「黙れ！」

僕は金槌を振り上げると、ヒヨリめがけて叩きつけた。

『うごっ』

ヒヨリの顔が歪み、大きな音がしてヒビが入る。

もう一度。狙いはどこでもいい。二度とこいつに意思が宿ることがないよう、粉々にしてやる。何度でも叩くぞ。顔を殴り、腕を割り、足を砕き、胴体を折る。室内には細かい粘土の粉が巻き起こり、破片が飛び散る。

バラバラにされながらも、ヒヨリは僕の頭の中で何か叫び続けていた。


一時間ほどたっただろうか。

ヒヨリがあったところには、破片が無数に散らばっている。破片は細かすぎて、もはや修復は不可能だ。よく見れば爪の先だとか、唇の端だとか、判別できる部分もあるが……それはもはやただの欠片である。ヒヨリは消滅した。

金槌を握っていた僕の手は激しい摩擦で皮膚が破れ、血が出ていた。僕は額を伝う汗を拭い、呼吸を落ち着ける。

全身に疲労感がある。

が、気分は爽快だった。

あのヒヨリを処分できたのだ。これでもう人間だとか人形だとか、ギャアギャア言われなくてすむ。さらに言えば、僕がサアヤを殺したことを知る唯一の人物……いや、人形の口封じができたことにもなる。

これでいい。

全部解決だ。

何だかおかしくなってしまったヒヨリをリセットし、新しいヒヨリと暮らし始めることができる。毎日人形を創って、ヒヨリとおしゃべりをして、大学ではのんびりと学生気分を味わう。あの平和な日々がようやく戻ってくるのだ。

新しいヒヨリは慎重に扱おう。

サアヤみたいな女に壊されることがないように。

それから、自分勝手な理屈をギャアギャア言うような性格ではないことにしよう。

僕が自分の想像をきちんと制御すれば大丈夫だ。

僕は一安心してふうと息を吐く。

それから、途中だった人形の顔制作に戻る。

鼻を創り、耳を創っていく。新しいヒヨリが完成に近づいていく。

早く完成させたい。

いろいろなことがあって、僕は疲れている。早く優しいヒヨリに慰めてもらいたいのだ。頑張れば今日中に造形を終わらせて、明日から乾燥に入れるだろう。乾燥が終わったら急いで塗装をしよう。

だいたい顔が完成してきたぞ。

目の大きさは大丈夫だろうか。

僕は取り分けてあったヒヨリの眼球を手に取り、試しに粘土の塊にはめこんでみる。

まずは右。それから、左。

よし。人形が目を開く。

『人殺し……』

手にした白い粘土の塊の奥から、かすかに何か聞こえたような気がした。

大丈夫。

僕は眼球を取り外し、他の部分の造形に移る。

大丈夫。

ダメだったら、また壊せばいいだけなんだ。

簡単なことだ。

了

本書は書き下ろし作品です。

文芸社文庫

ドールハウスの人々

二〇一三年四月十五日　初版第一刷発行

著　者　二宮敦人
発行者　瓜谷綱延
発行所　株式会社　文芸社
〒一六〇－〇〇二二
東京都新宿区新宿一－一〇－一
電話　〇三－五三六九－三〇六〇（編集）
〇三－五三六九－二二九九（販売）

印刷所　図書印刷株式会社
装幀者　三村淳

ISBN978-4-286-13810-7